二見サラ文庫

はけんねこ
～今宵、野良猫たちにしあわせを～

中原一也

| Illustration |

KORIRI

| 本文Design |

ヤマシタデザインルーム

C O N T E N T S

【NNN】

ねこねこネットワーク。インターネット上でまことしやかに囁かれている都市伝説。猫の猫による猫のための組織。猫好きの人のいる家に最高のタイミングで猫を派遣する謎の秘密結社。野良猫が生涯飼い猫として幸せに暮らせるよう、日々暗躍している。

第一章

つながっていない

恋の名残が、夕暮れ時の太陽に深く彩られる。その記憶は役目を終えた蟬《せみ》の死骸のように、ポツンと静かに横たわっていた。時が経てば、跡形もなく消えるだろう。

俺はテリトリーから離れたところを歩いていた。初恋の牝《おんな》に未練があるわけではない。喰《く》っちまったペースト状のおやつの袋を、いつまでも大事に舐《な》めてしまうのと同じだ。あと少し、味わっていたいだけだ。

俺はあるアパートの前で毛繕いを始めた。不快な人間どもが住んでいた部屋は無人のまだ。閉ざされた掃きだし窓の向こうは薄暗く、動くものは何もない。

その時、どこからか『猫が……』と人間の声が聞こえてきた。辺りを見回すと、子供の手を引きながら歩いている若い女がいる。

『ねー、じゃあ次はレオ君連れて帰っていい？』

『駄目よ。レオ君はおばあちゃんちの猫だもん。いつまで経っても連れて帰れないの』

『え～、でも舞《まい》に懐いてるよ』

『懐いててもレオ君はあのおうちがいいの。猫はね、おうちが変わるのが苦手なのよ』

どうやら猫好きらしい。俺はあとをつけていった。物陰に隠れ、様子を窺《うかが》う。

『この前ペットショップにかわいい子がいたじゃない。あの子じゃ駄目なの？』

『レオ君みたいにおっきな猫ちゃんがいいの！』

『子猫より大人の猫がいいなんて変わってるわね』

『だっておっきいとお腹に顔を埋められるもん！』

ガキはぴょんぴょん跳ねながら、何度も『レオ君』『レオ君』と訴えている。そんなに好きなのか。まぁ、気持ちはわかる。俺たち猫の魅力は計り知れないからな。

二人は庭つきの真新しい家に入っていった。こいつはいい。斡旋《あっせん》先にうってつけだ。

運よくゴミ箱の中からちくわを拾った時みたいに、俺は気分よくテリトリーへと戻っていった。馴染《なじ》んだ匂いが辺りに漂い始めると、足取りもいっそう軽くなる。

だが、ある光景に脚をとめた。

道路の真ん中に黒猫がいる。

あんなところに座り込むなんて危険だ。人間ってのはいつも急いでいて、車という鉄の塊に乗ってどこかに向かっている。猫がいようがお構いなしで突っ込んでくることもあるから、たまったものではない。特に日が暮れる時間は危険度が増す。

ライトの強い光を浴びせられると、俺たちは脚が竦《すく》む。普段は俊敏な動きで危険を躱《かわ》すことのできる俺たちだが、この時ばかりは別だ。俺も何度か危ない目に遭った。

「なぁ、あんた。そんなところにいちゃあ……」

声をかけようとして、やめた。

黒猫は、俺が何度か見たことのある牝だった。野良猫にしちゃあ長生きなほうで、夏が盛りを迎える前に子猫を三匹連れていたのを覚えている。三匹とも栄養不足で弱っていたため、いつものお節介で斡旋してやろうかと話を持ちかけたが、例のごとくシャァァァアアッ、と威嚇されて退散したのは苦い記憶だ。子供を連れた母猫の恐ろしさを侮ってはならない。

しかし今は、凶暴に牙を剝いて果敢に俺を牽制《けんせい》していたのが嘘《うそ》のようだ。出産経験の浅い若い母猫さながらの戸惑いを隠せずにいる。

俺は、母猫の向こうで子猫が一匹横たわっていることに気づいた。

そうか、やられちまったか。

ボロ布のような姿を見て、霧雨に自慢の毛皮が濡《ぬ》れちまった時みたいな気分になった。そいつは風に乗ってどこにでも入り込んできて、ヒゲの先からしずくが滴るほど俺たちを濡らす。

母猫は、子猫を護るようにそこに座っていた。いつまで経っても動かない子猫にそっと近づき、顔をペロリと舐めてまた座る。まだその死を受け入れられないのだろう。

そろそろ独り立ちする頃だっただろうに。

三匹いたが、結局全部駄目だったってわけだ。

『ねぇ、お父さーん』

人間の声がして、黒猫の耳がそちらに反応した。

『道路で野良猫が死んでるの。うちの真ん前だからなんとかして』

『役所に来てもらえばいいだろう。確か回収してくれるはずだぞ』

『えー、でも動物の死骸ってゴミ処理と同じ扱いって聞いたわよ』

黒猫は、声のほうを喰い入るようにじっと見ていた。死んだあと、土に還ることすら許されない時もある。

人間が出てくると、黒猫は子供を気にしながらもその場を離れた。だが、完全に立ち去るかというと違う。自分の子供がどうなるのか、遠くから眺めている。

『かわいそう。まだ子猫よ』

『おい、触るな。汚いだろう。病気を持ってるかもしれないんだぞ』

『大袈裟《おおげさ》ねぇ。庭に埋めてあげましょうか』

『駄目に決まってるだろう。ゴミ袋持ってこい』

『お父さん、車が通らないか見てて。いらないバスタオル持ってくるから』

『おい、庭には埋めないぞ』

『わかってるわよ。引き取りに来るまでの間くらい、居心地のいいところに入れてあげてもいいでしょ。冷たいわね』

子猫の死骸が運ばれると、黒猫はアーオ、と一声鳴いた。

かろうじて見えていた夕陽が山の端に吸い込まれ、哀しみを持ち去ってやるとばかりに完全に姿を消す。諦めたのか、黒猫はその場をあとにした。

しょうがない。

何度この苦い言葉を呑み込んできただろう。生きている以上、呑み込み続けなければならない。それが自然の摂理《の》だ。俺たち野良猫に嘆いている時間などない。いちいち同情している時間もだ。

だが、一日の終わりをこんな光景で締めくくるのは本意じゃなかった。

「今日も寄ってくか」

こんな時は、旨いまたたびでも吸って忘れちまうのがいい。

太陽のやつが姿を消したあとは、自分の出番とばかりに東の空から闇が足音を忍ばせて近づいてくる。微かな秋の気配を引き連れて。

風がさらりと空き地の雑草を撫《な》でた。

今日も『NNN』が暗躍する夜が始まる。

居心地のいい場所があるってだけで、猫生《びょうせい》は豊かになる。

薄闇に浮かぶ灯りに吸い寄せられるように、俺はCIGAR《シガー》 BAR《バー》『またたび』のドアを潜った。カウンターには常連の二匹の背中。ボックス席の馴染みの顔はまだない。

昨日も来たってのに懐かしい気分になるのは、俺の一日が喜怒哀楽に富んだものだったって証拠でもある。今日はいろんなことがあった。

「いらっしゃいませ」

すっかり耳に馴染んだマスターの声に迎えられ、俺は鼻の挨拶を交わした。

チョビ髭《ひげ》のような柄の入った白黒のぶち模様。エプロンの下には、根元から二股に分かれた尻尾が隠されている。マスターは猫又で、長い年月を生きてきた。おかげでまたたびをじっくり熟成する技に長け、俺たちに最高の品を提供してくれる。

店の奥にあるキャビネットでは、大量のまたたびが眠っているだろう。

「おっさん、今日はしけた面してんな。何かあったのか？」

オイルがいつもの調子で俺に絡んできた。めずらしいサビ柄の牡《おとこ》で、生意気な小僧だ。よく挑発してくる。

「若造は黙ってろ」

俺はカウンターのいつもの席に座ると、『コイーニャ』を頼んだ。キューバ産を一度味わうと、なかなか他のものに前脚が出なくなる。

視界の隅にデカい顔が映っているのを意識しながら、肉球で表面の凹凸を確かめ、香りを十分に楽しんだあとシガー・カッターで吸い口を作る。いつものキャッツ・アイ。『猫の目』なんてイカしたネーミングの切り方は、またたびをこの上なくマイルドにする。

切り口の形一つで味わいまで変わるのだから、またたびってのは奥が深い。

シガー・マッチを擦り、フット面《着火口》を炙《あぶ》っていると、甘く深みのある香りが広がった。ここで慌ててはいけない。まんべんなくつけなければ、途中で火が消えたり十分に燃えなかったりして、せっかくの品が台無しになる。待てない猫は駄目だ。

またたびは叩《たた》き起こすのではなく、ゆっくりと目覚めさせてこそ本領を発揮する。

「今日はやけに時間をかけるじゃないか」

隣から低い声がし、俺はチラリと視線を遣った。

黒を基調に、胸の辺りと靴下を穿《は》いたように脚先が白いタキシード柄のこいつは、見た目どおりタキシードと呼ばれている。またたびを咥える顎が曲がっているのは、凄絶な喧《けん》嘩《か》をしてきた証拠だ。

「急ぐとろくなことにならねぇからな」

「何かあったな？」

大きな道路を挟んだ向こうの新興住宅街が山だった頃、あの辺りを縄張りにしていたらしい。山の中を走り回るワイルドな生活をしていただけあり、脚も太く、こいつと一戦交えることになれば、ただでは済まないだろう。

「子猫が道路の真ん中で死んでた。母猫が傍を離れなくてな」

「よくある話だ」

「まぁ、そうだが」

またたびがようやく深い眠りから覚めると、ゆっくりと煙を吸い込んで舌の上で転がす。熟成されたそれは、相変わらず俺をいい気分にさせてくれた。

「なんだ、やけに気にするじゃないか」

濃い紫煙は、店内を流れるジャズピアノの有名なナンバーとともに俺たちを慰めているようだった。

ふくめんの席はまだ空いている。こんな時こそ、あの能天気な若造がいてくれると、少しは気が紛れるってのに。

「子猫が衰弱してたから、一度は斡旋を考えてたんだよ」

「ああ、三匹連れてた真っ黒の母猫か。応じなかったって言ってたな」

「人間を信用してなかったみてぇだからな。一匹は生き延びたようだが、結局……」

言葉は続かなかった。

庭に埋められたのか、それともゴミとして持っていかれたのか。俺はつい、子猫の死骸を見た人間どものやり取りをタキシードに教えた。こいつに何を訴えたかったのか、自分でもよくわからない。

「仕方ねぇだろ。人間に何期待してんだよ？」

オイルが横から口を挟んでくる。

要領のいい若造は今日もいい餌にありつけたらしく、またたびも最上級の品だ。なんとなく面白くない。

「期待なんかしちゃいないさ」

「それより、最近また新しいのがこの辺をうろついてるぜ？　躰《からだ》はデカいのに臆病でさ、あいつあんなんで野良としてやっていけんのかよ」

「もと飼い猫か？」

「だろうな。捨てられたんじゃねぇの？」

オイルはハッと嗤《わら》ってから半分ほど吸ったまたたびを口に運び、目を閉じて味わう。

こいつは人間に上手く取り入って旨いもんを貰《もら》ってるくせに、人間を信用していない。利用するだけしてやろうと、したたかに立ち回っているだけだ。

「白茶の猫ですよね？」

「なんだ、マスターも知ってんのか？」

「はい。少し前からよく見かけます。タキシードさんもご存じですよね」

ああ、とため息か相づちかわからない声が、歪《ゆが》んだ顎の隙間から漏れた。

「何するにでもへっぴり腰でな、危なっかしいっていうか、見てられない。雑種だが、ガキの頃から甘やかされたボンボンって感じだな。早いとこ新しい飼い主を見つけるに限るよ、ああいうのは」

それは暗に斡旋してやれと言っているのだろうか。

「どうして捨てるんでしょうか」

マスターが零した言葉が、心の底に落ちてくる。それは落ち葉みたいに音もなく積もり、俺の心を黄昏色《たそがれいろ》の小道みたいな寂しい色に染めた。

店内を舐めるBGMも、今日は少しばかりほろ苦い。

その時、カランと、ドアのカウベルが鳴った。気配の塊みたいなものを感じて振り返ると、ニンニクが迫ってくる。

「ちょりーっす！」

「フガッ！」

勢いあまって顔がぶつかり、またたびを落としそうになった。慌てて摑《つか》むが、灰が床に散乱し、自慢の毛皮も少々汚れる。

「お前はっ、勢いに任せて挨拶するなって何回言ったらわかるんだ！」

ふくめんだった。ふくめんを被ったようなハチワレ柄は、灯りを絞った場所で見ると白い部分が浮かび上がるため、一瞬ニンニクに見える。

何度こいつの突進の餌食になったことか。

「ったく、そんなに浮かれてなんかいいことでもあったのか？」

「別に何もないっすけど、ここに来るとみんながいるっす！　それが嬉《うれ》しくって」

何もないのにここまでうきうきできるなんざぁ、羨ましい性格だ。

ふくめんは、マスター、タキシード、オイルにも挨拶をし、いつもの席に座った。そして、毛皮の手入れを始める。胸元を丹念に舐め、肩、脇腹へと移行した。さらには自慢の脚を上げて、つま先まで舐め回す。

バランスを崩して、スツールから転げ落ちそうになった。

「わっと！」

鼻鏡を紅潮させ、ご機嫌な様子で座り直す。

「ふくめんさん、そろそろご注文を。今日は何にいたしましょう」

「あっ、えっと……そうだった。何吸おうかな」

「いい具合に仕上がった『ニャン・ロペス』がございますよ。値段も手頃ですし、いかがです？」

「それにするっす！」

尻尾の先が弾んでいた。マスターが準備している間も肉球の手入れを怠らない。指の股の汚れを前歯でこそぎ取っているうちに夢中になったらしく、ふがふがと鼻が鳴った。

「お前はいいなぁ。能天気で」

「え？　え？　何かあったんっすかっ？」

目をキラキラさせて俺たちを見るふくめんに、思わず笑った。

いつものメンバーがいれば、濡れた心もすぐに乾く。

俺がその光景にでくわしたのは、キンモクセイの香りに秋の深まりを感じるある朝のことだった。太った白茶の猫を見かけた俺は、毛繕いをやめて身を起こした。あれがオイルの言ってた臆病な捨て猫か。

キンタマは獲られたあとのようだ。尻にはその痕跡があった。くわばらくわばら。人間に飼われると、ああなる。牡の沽券《こけん》もあったもんじゃねぇ。しかも結局捨てられちまうなんて、踏んだり蹴ったりもいいとこだ。

耳の先と尻尾に薄茶色の縞々《しましま》模様が入っていて、あとは真っ白だった。まぶしている途中できなこが足りなくなった餅みたいだ。三歳くらいだろうか。躰は俺と同じくらいの大きさだ。毛艶がよくてむっちりしているってのに、俺たちのように発達した筋肉はついていない。少しばかり汚れているが、最近まで飼い猫だったのは確かだ。

自分の身に何が起きたのか、よくわかっていないらしい。怯《おび》え、辺りの音に耳を澄ませながら蹲《うずくま》っている。

なんで人間は捨てるんだ。

発情した牝にフラれた時よりずっと嫌な気持ちになったが、声はかけなかった。子猫ならいいが、あのサイズを斡旋するのは厳しい。もと飼い猫なら、人間への警戒心は薄いだろう。餌をくれる相手が見つかれば、オイルのように上手く取り入ることも可能だ。

「しゅみましぇ～ん」

白茶は勝手口の前に座り、子猫みたいな高くか細い声をあげた。デカい図体の割にかわいい声で鳴きやがる。

「ごはんくだしゃ～い」

じっと勝手口を見ているのは、そこから人間が出入りすると知っているからだろう。

「しゅみましぇ～ん、ごはんくだしゃ～い」

奴はもう一度訴えた。何度も鳴かれたからか、ドアが開く。しかし、出てきた人間が取った行動は、期待とは違うものだった。

『シーッ、シッシ！』

不快な音に白茶はイカ耳になった。距離を置き、躰を低くして人間を遠巻きに見ている。けれども諦めが悪く、その場を離れない。

「しゅみましぇん、ごはん……」

『こらっ！　シッシ！　あっち行きなさい！　シッシッシッ！』

人間は手に袋を持っていた。中には喰い物の残りが入っているようだ。

人間は手近にあった箒《ほうき》を掴んで振りかざした。地面を叩いて執拗《しつよう》に追い立てる。白茶が隣の敷地に逃げると、人間はゴミ箱の蓋を開けて持っていた袋をガサガサと音を立てて突っ込んだ。

白茶は物陰から首を伸ばして、その様子を見ている。

『ったく、またゴミを狙いにきた。ほんと嫌ね』

人間が家の中に消えると白茶は戻ってきたが、ゴミ箱の蓋は閉まっていた。中から漂う喰い物の匂いに気づいたらしく、未練がましく匂いを嗅いでいる。

「ごはん……、ごはんの匂い……」

開けようと試みるも、猫の力ではどうにもならない。何度やっても無駄だ。白茶は蓋の隙間に鼻を突っ込んでいたが、しばらくすると諦めてとぼとぼ歩き出した。

ああいう時の惨めな気分を、俺はよく知っている。すぐ傍に喰い物があるってのに、喰えない。特に匂いの強いものは、空腹に染みてなお惨めだ。

どうせ捨てるなら俺たちに分けてくれてもよさそうなのに、人間はあくまでも自分だけのものという態度を取るのだ。あいつもこれからああいう場面に何度も遭遇するだろう。人間に甘やかされたことがあるだけに、きっとつらさも増す。

だが、お節介は性に合わねぇ。野良として生きていけるかは、あいつ次第だ。今ならトカゲもヤモリもいる。本格的な冬が来る前に寝床を見つけ、狩りのコツを覚えれば、なんとかなるだろう。初めは苦労もするだろうが、そのうち慣れる。

「くそ……」

関わるなと自分に言い聞かせるも、落ち込む白茶の姿がどうにも気になってしまい、俺はあとをつけた。

気まぐれだ。今日は朝からヤモリの太ったのを喰って腹が満たされている。だから余計なことをしたがるのだ。

「お腹しゅいたな。ごはん食べたいな」

途方に暮れているのか、空き家の庭に入り込むと掃きだし窓の前の三和土《たたき》で蹲る。獲物を狙っているのではない。ただ、ああして待つことしかできないのだ。飼い主が餌を持ってきてくれると、信じているのかもしれない。

俺は様子を窺っていたが、白茶がモクレンの下の植え込みを気にしていることに気づいた。首を伸ばし、遠くから中の様子を覗《のぞ》いている。いい寝床になるが、ああいうところは先住がいるもんだ。

案の定、何かが動いた。白茶はゆっくりと立ち上がり、そろそろと近づいていく。

「あのぅ、しゅみましぇん」

そこにいたのは、黒猫だった。香箱を組んで蹲っている。

返事はなく、白茶は再び身を伏せると動かなくなった。その距離猫二匹ぶん。膠着状《こうちゃく》態がしばらく続いたが、白茶が動く。ゆっくりと一歩踏み出し、相手の反応を窺いながらさらに距離をつめた。

おいおい、いくら世間知らずのボンボンでも、それは無謀すぎるだろう。

俺は気が気でなかった。無防備に近づけば、襲われる。

けれども、俺の心配をよそに二匹は鼻の挨拶を交わした。触れた瞬間、白茶はビクッと跳ねて身を引いたが、再び鼻を差し出して互いに敵意がないと確認する。さらに無言で黒猫の傍に寄り、大きな躰をぴったりと押しつけて蹲った。なかなか図々しい。

だが、さすがにやりすぎだったらしく、黒猫は香箱は崩さないまでもシャーッ、と白茶を牽制した。悪魔みたいな形相だ。白茶は嵐が過ぎるのを待つように、ギュッと目を閉じて固まってしまう。怖くて動けないのかもしれない。

そのうち猫パンチが来るぞと思っていたが、黒猫は一度威嚇しただけで何事もなかったかのように前を向いた。少し不服そうだが、追い出しはしない。

「マジか……」

寝床を共有することを許されたとわかったのか、白茶は恐る恐る目を開けた。そして前脚を舐めて毛繕いを始める。猫懐《ねこなつ》っこい奴だ。

喉を鳴らす大音量のグルグルが、俺のところまで聞こえた。それに気分をよくしたのか、黒猫は目を閉じてまどろみ始める。

その時、気づいた。あの黒猫が、車に轢かれた子猫の傍にいた母猫ってことに。

「あれかい？」

「おわっ！」

背後からぬっと現れたのは、あんこ婆さんだった。ＣＩＧＡＲ　ＢＡＲ『またたび』の常連の一匹で、いつもボックス席を陣取っている。立派な猫背の三毛猫だ。座った後ろ姿は紅葉した山のようで、俺より躰は小さいがその貫禄《かんろく》たるや、右に出る猫はいない。しかも、字も読める。

「なんだよ、驚かすなよ」

背中の毛がツンと立っていた。俺としたことが。断じてびびったわけではない。単に驚いたのだ。

「あの白茶、飼い猫だったんだって？」

あんこ婆さんは俺の隣に座ると、前脚を舐め、耳の後ろから顔にかけて丹念に手入れを始めた。

一度は死んだはずだが、なぜこうしてここにいるのかいまだわからない。寒さ暑さ、空腹すら感じないこの婆さんを猫又じゃないかと思っていた時期もあったが、マスターと違って人間には見えないからそうではないのだろう。脚があることから、成仏できずに彷徨《さまよ》っている幽霊とも言えない。

あやふやな存在だが、今も飼い主を想う気持ちだけは、はっきりしている。

「捨てられたらしいな」

「そうかい。千香《ちか》ちゃんみたいな人間ばかりなら、あんなふうに路頭に迷わずに済むのにねぇ」

千香ちゃんとは、あんこ婆さんが今のようになる前に飼い主だった人間だ。

「あたしが死んだと思って、毎日お供えものをしてくれるよ」

「どんな人間に飼われるかは、運次第なんだろうな」

「あんなに大きな躰で、随分と甘えてるねぇ。ほら見な」

あんこ婆さんは苦笑いした。

もう一度目を遣ると、白茶が舐めてくれとばかりに黒猫の口元に頭を突き出しているところだった。さすがに鬱陶しかったらしく、黒猫は奴の耳にガブリとかぶりついたが、白茶は相手にしてくれたのが嬉しいようでじっとしている。しばらくその状態でいたが、噛《か》んでも喉を鳴らし続ける白茶に根負けしたのか、耳を舐め始めた。

子供を失ったばかりの母猫と、捨てられて心細さを抱えるもと飼い猫。何か引き合うものがあったのかもしれない。

「自分の子ですらあの大きさになればとっくに自立させるってのに、受け入れるなんてめずらしいこともあるもんさねぇ」

「最近子供を交通事故で亡くしたばかりなんだ。恋しいんだろ？」

「なるほどそうかい。だけどあの黒猫、病気だね」

「わかるのか？」

「なんとなくね。野良にしちゃあ長生きしたほうさ。でも、寿命には逆らえない。おそらく最後の子だったんだろう。そんな子を亡くしたんだ。しばらくああやって温め合うのもいいんじゃないかねぇ」

あんこ婆さんは、そう言い残して歩いていった。後ろ姿を見送ったあと、二匹に目を遣る。欠けたものを互いに埋め合うように、巣穴の中でギュッと躰を寄せ合っていた。

親子のように躰をくっつけているのを見ると、木枯らしに吹かれたような寂しさに胸の奥が疼《うず》く。

そうか、もう長くないのか。

乾いた鼻先を舐めても、心の中までは潤せない。

せっかくありつけたぬくもりを、あの白茶はまた失うことになる。それまでに、もう少し大人になってくれりゃいいが。

やはり、他猫《たびょう》に関わるもんじゃねぇ。

これ以上深入りするなと自分に言い聞かせ、その場をあとにした。

猫生ってのは皮肉なもんだ。俺の決意を揺るがすように、偶然っていうやつが白茶とよく遭遇させる。

秋晴れの空に響く雲雀《ひばり》の声に狩猟本能を刺激されながら、呑気《のんき》な昼下がりの太陽を浴びられる場所を探しているところだった。微かに聞こえる猫の声に耳がピクリとなる。

俺はいい日だまりを諦め、声のほうへ歩いていった。好奇心には勝てない。

「誰かぁ～、助けてくだしゃ～い」

散歩中の飼い犬にでも吠《ほ》えられたのか、庭木の高いところで動けなくなっている白茶を見つけた。俺ですら時々やっちまうのだ。外の生活に慣れないもと飼い猫なら、ちょっとしたことで驚いて登っちまうのも仕方がない。

しっかり摑まっているが、何せボンボンだ。ふんばる後ろ脚がぷるぷると震えている。

「た、た、た、助けてくだしゃい、お母しゃ～ん」

後ろ脚の爪を木に引っかけ、ずず、ずず、と少しずつ下りているが、むっちりした躰を支えるには筋力が足りない。疲れもあってか、ズズズズズ……ッ、と一気にずり落ちたかと思うと、後ろ脚で木を蹴り、ジャンプした。しかし着地は成功とはならず、ドシンと鈍い音が聞こえてくる。

急いで近づいていくと、土が剝き出しの地面にべったりと貼りついていた。まるで潰れたまんじゅうだ。死んだのかもしれない。

動かない毛玉の塊を眺めていたが、「ううっ」と呻《うめ》き声がしたかと思うと、立ち上がって、ぶるぶるっと顔を振った。

「は～、怖かった」

贅肉《ぜいにく》が衝撃を和らげたのか、何事もなかったかのように歩いていく。甘やかされたボンボンと思っていたが、案外逞《たくま》しいところもあるのかもしれない。

「い、いかん」

ハッと我に返った。ああいうのを見ていると、つい前脚を差し伸べたくなるのだ。すっかりデカくなった奴は斡旋も難しいとわかっている。

俺はあえて別方向へ歩き出した。もう気にするな。放っておけば、そのうち野良生活に馴染む。そう自分に言い聞かせた。

それなのに、なぜか奴は俺が行くとこ行くとこを狙ったように出没しやがる。

ゴミ袋を漁っている時。草むらに潜む丸々太ったトカゲに狙いを定めた時。気分よく昼寝をしている時。

奴を目にしない日はないってくらい、頻繁に俺の前に現れやがるのだ。

その日も、昼過ぎに白茶が空き家の庭で狩りをしている現場に遭遇した。トカゲでも見つけたのか、距離を測り、狙いを定めて飛びかかろうとしている。

いいぞ、そうだ。音を立てずに近づいていくんだ。俺たちの肉球は音を吸収する。そのまま近づけば、上手くいく。

俺は身を低くして狩り成功の瞬間を待った。だが、あと数歩といった時。

『あ、猫！　いたいた』

ガキが二人、空き家の塀によじ登って白茶を指差している。完全にタイミングを逃したらしい。くそう、せっかくの獲物が。

自分が失敗したみたいな気分だった。ガキどもは、いかにも悪そうな顔をしている。あいうのは俺たちの尻尾を引っ張ったり物を投げてきたり、ろくなことをしやがらねぇ。

「しゅみましぇん、ごはんくだしゃい」

白茶はか細い声で訴えた。やめておけ。人間のガキには関わらないほうがいい。

俺は忠告しようか迷ったが、そうこうしている間にガキが持っていた袋の中からパンを取り出す。

『これ喰うかなっ？　うちのチャコはキャッチするんだ』

『お前んちのは犬だろ？　猫がするわけねーじゃん』

ちぎって白茶に放り投げるが、案の定、パンは頭に当たって跳ね返った。地面に落ちる。

あの鈍臭いのがキャッチなんかできるわけがねぇ。

『うわ、やっぱ下手クソー』

『キャッチしろって、キャッチ！　ほら！』

白茶はパンの匂いを嗅いだ。喰い慣れていないのか、なかなか口にしない。ああいうところは、もと飼い猫だ。

生きようとする、喰おうとする意志の強さが違った。生きるか死ぬかってほどの空腹をまだ味わっていない。世の中を恨みたくなるほど、惨めな気分になったことがない。だからあんなにのほほんとしていられるのだ。

白茶はしばらく匂いを嗅いでいたが喰い物だとわかったらしく、ようやく口をつけた。

『喰った喰った〜っ！』

『今度はこっちだ。キャッチしろよ！　ほら！』

今度はスルメが目の前に放られる。人間のガキにもいい奴はいるってことか。

だが、そう思ったのも束の間。スルメには糸がついており、咥《くわ》えたところで引っ張られる。塀の向こうから釣り竿《ざお》の先が覗いた。隠し持っていやがったとは。

『やったー、猫が釣れた！　ほらっ』

牙に糸が引っかかったらしく、白茶は前脚で外そうとするが、なかなか取れない。ピンと糸が張る。

「た、たしゅけて」

ガキどもの笑い声が、雨雲が広がり始めた空に響いた。ひと雨来そうだ。

『こっち来いっ！　猫の魚拓取ろうぜ？』

『猫だから魚拓じゃなくて猫拓《ねこたく》だろ？　――あっ！』

白茶はなんとか糸を外すと、腰を抜かさんばかりに走り出した。塀を越える際に脚を踏み外し、ずり落ちる。ガキどもが笑った。まったく、鈍臭いにもほどがある。ふくめん以上のずっこけ野郎だ。

デキの悪い野良猫を見ると放っておけなくなってきて、俺は笑い転げるガキどもを一瞥《いちべつ》してから白茶を追った。

「クソガキめ……」

逃げ帰った先は、黒猫のねぐらだった。白茶は大きな躰を潜り込ませる。この前は不服そうな顔だった黒猫も、すっかり心を許したようだ。耳を寄せて甘えられると、すぐに毛繕いをしてやる。

「どうしたの？　人間に近づいて怖い目に遭ったのね？」

「うん、怖かった」

「だから言ったでしょう？　人間に近づいちゃ駄目よ。危ないからね」

「うん」

「もう人間にご飯をねだっちゃ駄目だからね」

「でも僕ね、おうちの中にいたの。ごはん貰ってたの」

「そうね。だけど今は外の暮らしだから自分で探さなきゃ。狩りを覚えなさい。ほら、顔を出して。口のところ、怪我をしてるわ」

黒猫より二回りほど大きいのに、白茶はデカい図体で甘えている。

ドゥルルルッ、ドゥルルルッ、ドゥルルルッ、とバイクのエンジンみたいな音で喉を鳴らしている。猫ってのは耳がいいが、さすがにこんなところまで聞こえてくるなんざぁ、相当の音量だ。

「お腹しゅいた」

白茶が頭を差し出すと、黒猫は丹念に頭や耳を舐めた。失った子供の代わりとでもいうのか、毛に絡まった汚れを前歯でこそぎ取っている。

「もう遠くに行っちゃ駄目よ。道路を渡っても駄目」

「どうして？」

「死んじゃうからよ。道路を渡ると死んじゃうの」

「わかった」

「イイ子ね」

本当の親子のようだった。子供を失ったばかりの母猫にとって、甘えん坊の白茶は庇護《ひご》欲を刺激する存在なのかもしれない。

それからというもの、二匹でいるところをよく見かけるようになった。朝晩の冷え込む時間帯は、巣穴の中でいつもギュッと固まっている。

それを見ていると、このままずっと一緒にいさせてやりたくなった。


「斡旋したほうがいいんじゃないか？」

ほどよく酔い始めた頃、紫煙で言葉を包むようにタキシードが静かに言った。せっかくの時間を壊さないよう、奴なりに気を遣ったのかもしれない。

「あの白茶のことか？」

「ああ。お前もよく見てるだろう」

「見てるわけじゃねぇ。遭遇するんだよ。騒がしい奴だから目立つんだ」

「確かにな」

こいつも白茶のドタバタ劇をよく見かけるようだ。昼寝の時間を邪魔されるらしい。

ＣＩＧＡＲ　ＢＡＲ『またたび』の店内は、いつものように静かに俺たちを包んでくれた。今日の一本は『ニャバ』。比較的新しいブランドで、パンチの効いた味わいが楽しめる。

吸い口から先端まで均一の太さになっているのが今の主流だが、こいつはダブル・フィギュラドといって両端が細くなっている。十九世紀の終わり頃はよく出回っていたらしい。かの有名なギャング、ニャル・カポネがいつも咥えていたやつだ。

「今日は溝にはまってたぞ。なんで脚を踏み外すんだ」

タキシードは、理解不能とばかりの表情でまたたびを口に運んだ。

俺たち猫には、躰のあちこちにセンサーになる毛が生えている。ヒゲはもちろん、脚にもついている。スマートに障害物を避けられるのは、そのためだ。

だが、あの猫は鈍感なのか、センサーが効いてないのか、あり得ないドジを踏む。

「あんな奴が近くにいたら、俺たちの平和がおびやかされるな」

秋が深まるにつれて色づくほおずきのように、またたびの火種が赤々と燃えていた。実りの秋は、そのあと訪れる厳しい冬を連想させる。今年もまた、無慈悲な北風を全身に受ける冬が迫っている。

少々憂鬱なのは、まだ真冬の過酷さを知らない甘ったれが現実を目の当たりにする日もそう遠くないからだろう。野良なら誰もが経験するとはいえ、一度人間から安心を与えられると、厳しさはより過酷に感じるものだ。

「俺も見たぜ？」

オイルが長い尻尾をゆっくり左右に振りながら、紫煙を細く吐き出した。随分と酔っているらしい。目をとろんとさせて味わっている。

「あいつ、人間のガキに釣られてたぞ」

「まさか釣り竿持ったガキか？」

「ああ。知ってんのかよ？」

呆《あき》れた。この前もスルメで釣られてた。黒猫に近づくなって言われてたのに、また引っかかりやがったのだ。その話を聞いた二匹は、それぞれ違う反応を見せる。

「ったく、人間なんかを信用するからだよ。懲りねぇ奴だな」

「そう言うな。一度飼われたんだ。つい信用するんだよ」

ドライなオイルには、理解できないだろう。だが、俺はタキシードの言うことが痛いほどわかった。優しく声をかけられるとつい近づいてしまう。そういう奴もいるのだ。どうしようもなく寂しがり屋ってのが。

「なぁ、ちぎれ耳。お前どこかアテはないのか？」

「ないことはない」

俺は少し前に見た母子を思い出した。『レオ君』という猫を自分の家に連れて帰ると、母親に訴えていた。子猫より大きな猫のほうがいいとも言っていたあのガキなら、白茶を気に入ってくれるだろう。何せ図体だけはデカい甘えん坊だ。

だが、黒猫がそう簡単に手放すだろうか。

「じゃあ早いほうがいい。あの白茶、さすがに最近スリムになってきたからな」

「ああ、むっちりしてるうちに連れてったほうが気に入られるかもな」

「明日にでも行ってこい」

「そうするよ」

俺は道路の真ん中で死んだ我が子を舐めていた黒猫の姿を思い出していた。いつまでも諦めきれず、傍にいた。道路にポツンと座る姿が、あの猫背が、忘れられない。

「相変わらず放っておけないんですね」

マスターの言葉に、自分の青臭さを嗤う。

上手くいくよう祈りながら、更けていく夜をまたたびとともに過ごした。

マスターのまたたびは、いつも俺たちに優しい。


翌日、俺は黒猫のねぐらを訪れた。昼間はいないこともあるが、今日は白茶と一緒に仲よくくつろいでいる。

薄雲に覆われた空は、これからのことを暗示しているようだった。それでもわずかな望みを胸に近づいていく。

「何よあんた」

俺が声をかける前に、警戒心を剝き出しにされた。

まずい。

予想どおりだった。黒猫はワァァアーオ、とドスの利いた声で俺を威嚇する。蹲ったままなのは、あまり体力が残っていないからだろうか。あんこ婆さんの言うとおり、長くないのかもしれない。

「おい、待て。別に襲おうってわけじゃ」

シャーッ、とまた威嚇された。自分よりも二回りも大きい白茶を護っているあれは子供を持つ母猫の反応だ。近づく者は容赦なく攻撃する。

白茶に対する過保護なまでの庇護欲は、本当の親子のようだった。

白茶のほうはというと、黒猫の後ろに隠れたまま俺をじっと見ていた。怖いのだろう。

せっかく優しく声をかけてんのに、そんな顔されちゃあ、俺も少々傷つく。

「頼むから話を聞いてくれ」

「あっちへ行って！　ここはあたしの巣穴なんだから」

「だからあんたらにとって悪い話じゃ……、——いてーっ」

鼻先を引っ搔《か》かれた俺は、そそくさとその場をあとにした。くわばらくわばら。あっちを説得するのは難しいらしい。やはり、白茶に直接言うしかないようだ。

引っ掻かれた鼻先をペロリと舐めながら歩いていると、頭上から含み笑いとともに声が降ってくる。「よぉ、おっさん」

顔を上げると、塀の上にオイルとふくめんがいた。全部見ていたらしい。

「ハッ、情けねぇ。お節介が過ぎるんだよ、おっさんは」

「若造は黙ってろ」

「ま。俺みたいなイケニャンと違って、おっさんは顔に一つや二つ傷が増えても全然構わねぇんだろうけどな」

いつもの減らず口に反論する気にもなれない。

「大丈夫っすか？　鼻の頭、血が出てるっす」

「わかってるよ。それよりふくめん。お前、白茶と話せるか？」

「え、俺っすか？」

ああ、そうだ。どうせ俺は猫相《びょうそう》が悪い。認めるよ。俺みたいなのより、こいつのように社交的な顔をしてる奴のほうがいいに決まっている。

正直に言うと、オイルが楽しげに口の周りをベロンと舐める。

「行ってやれよ、ふくめん。猫相の悪いおっさんよりもお前のほうが適任だって」

「そうっすね、こういう時は俺の出番っすよね！」

頼られて嬉しいのか、ふくめんは尻尾をピンと立てた。

「頼む、あいつが一匹の時に声をかけてくれ」

「『NNN』の一員として当然っす」

一員も何も組織として活動しているわけではないのだが、ここはこいつに頼るのが利口ってもんだ。余計なことは言わず、ふくめんに期待してその日は別れる。

それから数日後。俺の目論みどおり、ふくめんは持ち前の猫懐こさで、白茶との接触を試みる。

「ちょりーっす！　新顔っすか？」

いきなり声をかけられた白茶は、ビクンと跳ねた。

「こ、こんにちは」

「今日は天気いいっすね！」

鼻鏡を紅潮させるふくめんの様子に敵意がないとわかったのか、鼻の挨拶に素直に応じてその場に座る。

「最近どうっすか？　いい餌にありつけたっすか？」

「えっと、昨日はお店のおばちゃんにかまぼこ貰いました」

あんこ婆さんが飼われていた家のすぐ近くにある商店のことだろう。喰いしん坊どもは、よく集まってむしゃむしゃと何か喰いながら世間話に花を咲かせている。俺も何度スルメを貰ったことか。顔つきが悪いとかふてぶてしいとか言いながらも、何かくれるのだ。

だが、かまぼこはなかなか出てこない。

やはり猫相の差なのか。俺よりこの甘ったれの潤んだ瞳で見つめたほうが、情に訴えられるのかもしれない。

「最近野良猫になったんっすよね？」

「そうなんでしゅ。ぼ、僕は捨てられました。遠くに引っ越しするからって。僕は連れてけないって」

「へ〜、そんなんで捨てるなんてひどいっすね」

「でも、新しいお母しゃんができたからいいでしゅ」

「お母さんってあの黒猫のおばちゃんのことっすか？」

「そうでしゅ。とっても優しいでしゅ」

さすがふくめんだ。あっという間に白茶と仲よくなっちまった。

二匹向かい合って座ると、ふくめんより白茶のほうが一回り以上大きい。ふくめんが顔を洗い始めると、真似して自分も毛繕いを始めた。なぜか楽しげに。

二匹とも鼻鏡がすっかり紅潮していた。

やはり甘ったれのボンボンだ。ビビリのくせに、優しくされるとすぐに心を開く。

「名前なんていうの？　俺ふくめん」

「僕は……」

言いかけて、少ししょぼくれた顔になった。

「人間に貰った名前は捨てました。お母しゃんがそうしろって」

「そっか～。じゃあ、とりあえず白茶君っすね。何か困ったことないっすか？」

「ご、ごはんの捕り方がわからないでしゅ。この前は公園でお弁当を分けてもらったけど、お母しゃんは自分で獲れるようになりなさいって」

「そりゃそうっすよ。冬になると公園に来る人間は少なくなるんっすから」

「お母しゃんも言ってました。人間は気まぐれだから、頼ると裏切られるって」

黒猫がそう言うのもわかる気がした。人間は裏切る。

だが、裏切らない人間がいるのも本当だ。

俺は婆ちゃんを思い出した。まだガキだった頃、俺を勝手に『みーちゃん』と呼び、ちくわをご馳走《ちそう》してくれた。

今もあの思い出は春の日だまりのように、俺の心の中でぽかぽかしている。

「ところで知ってるっすか？　白茶君みたいな猫を助ける『ＮＮＮ』って闇の組織があるんっすよ」

「僕みたいなのでしゅか？」

「そうっす。猫の猫による猫のための秘密結社なんっすよ。実は俺メンバーっす」

得意げなふくめんに、白茶は興味津々といった顔をした。ヒゲがピンと前に出て、目はまん丸に見開かれている。

そんな説明はいいから、早いとこ斡旋を持ちかけろ。

「結構実績あるんっすよ。今まで斡旋した奴は、みんな幸せになってるっす。ちゃんといい人間か見極めてるってーか」

「それはすごいでしゅ。闇の組織なんてかっこいいでしゅ！」

ふくめんより大きな躰をしているのに、子分のように素直に耳を傾けている。あのふくめんすら頼りになる兄貴に見えてくるから不思議だ。

「斡旋してあげるっすよ」

「本当でしゅかっ？」

即行で話に喰いついた白茶に、俺は安堵《あんど》した。

これでようやく平和が戻ってくる。昼寝の邪魔をする白茶の情けない声に煩わされずに済む。だが、俺の期待はあっさりと覆された。

「ちぎれ耳さんって頼りになる猫がいるんっすけど、斡旋先の候補、もうあるって言ってたっす。話聞きたいなら、俺が紹介するっすよ」

「はいっ！　お母しゃんに聞いてみましゅ」

「え……」

「お母しゃんと一緒なら行きましゅ」

ふくめんは声を失った。斡旋を受けるという確信があったのだろう。俺もだ。まさか、飼い猫になれるチャンスを前に、条件を出してくるとは。

いや、そんなつもりはないのだろう。ただ、自分の願いを口にしているだけだ。

「えっと……でも、苦労してるんっすよね？　実は俺よく見るんっすよ。白茶君が飼い犬に吠えられたり、他の猫に脅されたりしてるとこ」

「そうなんでしゅ。外はとっても大変でしゅ。でも、お母しゃんと一緒がいいでしゅ」

白茶の目には、甘ったれとはほど遠い強い意志が浮かんでいた。


「見てらんないっすよ」

寒空の下、ふくめんがしょぼくれた顔で蹲っていた。

今日は朝から雲行きが怪しく、すぐにでもひと雨きそうな空模様だ。俺たちは公園に集まり、たれ込める憂鬱を眺めていた。植え込みの中は多少の雨は防いでくれるが、濡れちまった心はどうしようもない。

「よほどその黒猫を慕ってるんだろう」

タキシードは前脚の肉球を丹念に舐めていた。べろ～ん、べろ～ん、と大きな舌を見ていると、なぜか対抗心が湧いてきて、負けじと肉球の手入れをする。

「血は繋《つな》がってないけど、本当の親子みたいっす」

あれからふくめんは、何度も白茶に斡旋を持ちかけた。だが、どんなに説得してもがんとして言うことを聞かない。

散歩中の飼い犬に吠え立てられても、小便している最中に他の牡に追い立てられても、黒猫が一緒でなければ人間のところにはいかないの一点張りなのだ。黒猫のように心から人間を嫌っているのではなく、黒猫を慕うからこその拒絶だ。

あの甘えん坊のどこにそんな根性があるのか。

斡旋は諦めるべきかもしれない。

「せめて野良生活に慣れてくれればいいんっすけど、いつまで経っても要領を得ないんっすよね」

「お前に言われるなんざぁ、相当のドジっ子だな」

「この前、またスルメで釣られてたっすよ！」

「またか！　悪ガキ二人組だろう？」

「そうっす。すっかり猫釣りにはまっちゃったみたいで、ピクピク動かすのが上手くなってるんっすよ。だから余計にバッタとかと間違えるみたいっす」

「スルメにありつけるんだからいいんじゃねぇの～？」

オイルは大きなあくびを一つし、気のない台詞を吐いた。ふくめんに感化されて、最近は『NNN』の活動にも積極的だったが、今回はあまり乗り気ではないらしい。猫は気まぐれだ。クールなこいつが非協力的でも不思議じゃない。

「あ！　白茶君っす！」

白茶が歩いてくるのが見えた。腹が減っているのだろう。道端で立ちどまり、地面の匂いを嗅いでペロリと舐める。喰い物の汁でも落ちていたのかもしれない。奴は塀の上に飛び乗ったが、雀《すずめ》の声に気づいて上を見た。追いかけ、脚を踏み外す。落っこちて溝にはまった。少しもがいたあと這《は》い上がる。

「だ、大丈夫っすかね？」

さすがに俺も心配になってきた。あんな猫は見たことがない。

「鈍臭いにもほどがあるな。あいつは本当に猫か？」

タキシードが驚きを隠せない顔で言った。確かに、猫の皮を被った犬公かもしれない。誰彼構わず尻尾を振って愛嬌《あいきょう》を振りまくところなんか、犬公そのものだ。

そうこうしているうちに、白茶は車庫のシャッターが開いているのに気づいて中に入っていった。車はなく、やたらと物が置いてある。座布団の上に乗り、まどろんだかと思うとゆっくりと揉《も》み始めた。

「ふ、ふみふみしてやがる」

タキシードが口をあんぐりと開けた。曲がった顎が今にも落ちそうだ。あの大きさになってもふみふみをやるなんて、親元を離れた俺たち野良猫には考えられない。目を疑う光景に固まっていると、今度は爪が引っかかって取れなくなった。

まったく、何をやってるんだ。

白茶はしばらくもがいていたが、弾みでようやく爪が外れた。それを見てふくめんはため息をつき、項垂れる。

「お前がそんなに落ち込むことはねぇだろ？」

「オイル、冷たいっす」

「現実を見ろって言ってんだよ。お節介が過ぎるんだよ」

つき合っていられないとばかりに、オイルが立ち去った。

「ま。あいつが言うのも一理ある。子猫じゃねぇんだ。そのうち野良生活に慣れる」

「ちぎれ耳さん」

「もう諦めろ。なんとかやってけるよ」

そうだ。なんとかやっていける。

俺はふくめんに言った言葉を自分の中で反芻《はんすう》した。あんなのをいちいち気にしていたら、こっちの身がもたない。今までだって捨てられた猫を見てきた。何度もだ。適応できれば生き、できなければ死ぬ。当たり前のことを、今さら自分に言い聞かせなければならないなんて、俺も歳を取ったのかもしれない。

そんな矢先のことだ。白茶が尻尾に大怪我をしたのは。


「大変っす！　白茶君がっ」

けたたましくカウベルが鳴ったかと思うと、店内にふくめんが声を響かせた。

こいつがこんなふうに俺たちの前に駆けつけてくるのは、何度目だろう。事件を運んでくる声は、いつも背中の毛をツンと立たせる。

これから火をつけようって時に、なぜ厄介ごとはやってくるのか。

「どうした？」

「白茶君の尻尾が……っ、尻尾がひどいことに！」

「ひどいってどんな状態だ？」

「血がいっぱい出てて、途中でちょん切れてるっす」

「マスター、すまん」

またたびを灰皿に置き、ふくめんとともに黒猫の巣穴に向かった。

日はすっかり暮れていて、夜気が俺の鼻鏡から水分を奪う。何度舐めても潤わない。あんこ婆さんの背中が目に飛び込んできた。黒猫のねぐらがよく見える場所に座っている。

「婆さん、来てたのか」

「ああ、ちぎれ耳とふくめんかい？」

「怪我、どんな感じっすか？」

身を乗り出して見てみると、白茶の長い尻尾は途中で切断されていた。毛が血で染まり、骨のようなものが覗いている。少し動かしただけでも痛いだろう。

「ひどいもんさね。機械みたいなもんに挟まれたか、人間が何かしたのか」

あんこ婆さんは、誰かを呪い殺さんばかりの怨念の籠もった言い方で教えてくれた。俺たちのように野良生活が長いと見慣れないもんに対して警戒するが、あいつはなんにでも不用意に近づきそうだ。

「自然に治る怪我じゃないよ」

「そんな……」

ふくめんは泣きそうな声で言い、黒猫の巣穴へ目を遣った。白茶はすっかり元気をなくしている。いつもはどんなドジを踏んでもどこか楽観的な空気を漂わせていたが、今は悲痛さしかない。

「痛いよぉ、痛いよぉ」

黒猫は命を繋ごうと傷口を必死で舐めているが、傷があまりにも深すぎる。あのままでは、いずれ感染症を起こすだろう。

「どうしたらいいんっすかね？」

「人間に頼るしかねぇ」

「でも、声をかけたらあそこから離れたくないって。お母さんの傍がいいって」

甘えん坊のもと飼い猫。

寂しくてたまらない時に、寝床に入れてくれたあの黒猫を心から慕っている。人間に裏切られた時に、受け入れてくれたのだ。大怪我をして不安な時に引き離すのは、かわいそうなのかもしれない。

「怪我が悪化して死んじゃったりしないんっすかね？」

「それも寿命さね」

「そんなこと言わないでくださいよ～」

ふくめんのヒゲが下を向いた。

「あんこ婆さんの言うとおりだ。あいつが人間を頼る気にならない限り、どう足掻《あが》いても無理だろう」

「じゃ、じゃあ、俺が説得するっす」

半泣きになりながら、ふくめんは黒猫のところへ向かった。だが、近づいただけで威嚇されている。怪我している白茶を護ろうと必死なのだ。

「ありゃ駄目だね。あたしゃ行くよ。あんなところ見てると気が滅入っちまうよ」

「そうだな」

俺もあんこ婆さんと同じ気持ちだった。無理なもんは無理だ。諦めるべき時ってのはある。現実を受け入れるべきって時が。

けれども、ふくめんはそれからも毎日黒猫の巣穴へ脚を運んだ。おかげで何日もしおれたひまわりみたいな奴の姿を見る羽目になる。オイルもさすがに同情を隠せない様子で、またたびを吸いながらふくめんから白茶の容態を聞いていた。

そして一度は諦めた俺ですらも、狩りの途中で様子を見に行くようになる。だが、自然に回復するかもなんて甘い考えを否定された。むっちりしていた躰も細くなり、ただただ弱っていくだけだ。

黙っていられなくなった俺は、黒猫がいない時を狙って巣穴に近づいていった。しかし、顔を上げただけでたいした反応はしない。

「よぉ。怪我の具合はどうだ?」

「おじさん……」

「ふくめんの奴が心配してるぞ」

「ふくめん君は……優しいでしゅ」

「野良生活は厳しいだろう。俺が猫好きの人間のところへ連れてってやる。尻尾、痛いんだろうが。頼むから来てくれ」

「お母しゃんと一緒がいいでしゅ」

それだけ言うと、また丸くなった。黒猫が帰ってくるのを待っている。

まさかこれほどまでに頑固だとは。俺は諦めて黒猫の寝床をあとにした。


「そうでしたか。だから皆さん、浮かない顔をされてたんですね」

マスターがカウンターに並ぶ冴《さ》えない顔を見て、落ち葉のようなため息をついた。店内を流れるBGMはいつになく寂しげだ。

何日も雨が続いた時のように、心がぐっしょりと濡れていた。重くてたまらない。

空腹を抱えたままねぐらに閉じ込められた時の、あのなんとも言えない気持ちが俺を包んでいた。いつまで経っても分厚い雲は太陽を隠したまんまで、いつ晴れ間が見えるかわからない。けれども、太陽は待っていればいつか顔を出す。それに比べて、白茶の状況に明かりが差す日が来るとは思えねぇ。

その時、カランッ、とカウベルが鳴った。なんとなく振り返って目を見開く。店に入ってきたのは黒猫だった。牝は店内を見渡すと俺に目をとめ、まっすぐに歩いてくる。

「あなたね、坊やに斡旋を持ちかけた猫ってのは」

「ああ、そうだが」

「ねぇ、本当に斡旋してくれるの？　安全なところなの？　また捨てられたりしない？」

常連どもの視線を浴びても、黒猫は物怖じ一つしない。肝の据わった牝だ。伊達《だて》に長生きしてないってことだろう。

「ガキがいるが、子猫じゃなくて大きな猫が好きらしい。気まぐれで猫を欲しがってるようにも見えない。間違いないさ。だけどあんた、人間の世話になる気あんのか？」

「あたしはいい。あの子だけ斡旋してくれればいいから」

「あんたが来ねぇと無理だぞ。説得できるってのか？」

「大丈夫。上手くやるから、必ず斡旋して。お願い。必ずよ」

何か考えがあるのだろう。

こうして見ると、やはりこの牝はそう長くない。高齢で、毛艶もよくなかった。何より、躰が小さい。もともと小柄というより、痩せたせいで小さくなった印象だ。

「あんた、なんであいつの世話をするんだ？」

「あたしの最後の子だから、野良猫でも飼い猫でもいいの。生き延びて欲しいの」

最後の子。

血の繋がっていないあいつをそう表現する黒猫に、愛情の深さを感じた。自然の摂理に反することを、俺たちも時々する。それもある意味自然ってやつだ。

「飼い猫って変よね。あたし、何匹も子供を産んできたけど、あんな大きな子の面倒を見たのは初めてだった。とっくに巣立ちする大きさなのに、あんなに甘えてきて。人間の手にかかるとあんなふうになるのね」

「不自然っちゃ不自然だな。あんたのねぐらも随分手狭だし」

「そうなの。雨が降ると濡れるのよ。あんなに大きいのにいられると、大変。だから、そろそろ出ていってもらわないとね」

そう言いながらも、寂しそうだ。窮屈な場所が好きなのは、俺たち猫に共通している性質だ。けれども、きっとそれだけではない。

「冬が来る前に飼い主が見つかりそうでよかった」

「あのボンボンに冬は厳しいか？」

「ええ、あたしは何度も経験してるから慣れてるけど、あの子は駄目ね」

そう言って木枯らしの中へ消えていった。


ギャギャギャギャギャ……ッ、と白茶の声が住宅街に響いた。

久々にはっきりと姿を現した太陽の下、昼寝をしていた俺は、あまりにひどい叫び声に飛び起きて声のほうに向かった。牡同士の喧嘩でも、あれほど激しいのは滅多にない。喧嘩なんてできなそうな白茶が縄張り争いをするとも思えず、急いで駆けつける。執拗に攻撃されるなんて、相当相手を怒らせたか相手が悪すぎたのか。

先にタキシードとふくめんが来ていた。

「何があった？」

「あれを見ろ」

辺りに漂う不穏な空気とは裏腹に、タキシードは落ち着き払っていた。その視線には悟ったような、何かを見届けようとするような、そんな思慮深さが浮かんでいる。

「あれは……」

白茶を攻撃していたのは、黒猫だった。

「ここはあたしの寝床なのよ。出ていけ！」

シャーッ、と赤い口を開けて威嚇している。しかも、怪我した尻尾に噛みつこうとしているのだ。白茶はというと尻尾を垂れ、キツネ歩きになって遠巻きに黒猫を見ていた。

「どうして？」

「あんたの世話は終わりなの。出ていきなさい！」

「お母しゃん、僕も寝床に入れてくだしゃい」

「だからもうあんたの寝床じゃないの！」

「僕だよ。ねぇ、どうしたの？　どうして僕を虐めるの？」

あまりの形相に一度は逃げていったが、また戻ってくる。怪我した尻尾を庇《かば》いながらも、何度も、何度も……。

ああ、あの時みてぇだ。

鬼の形相で襲いかかる黒猫を見て、昔を思い出していた。

俺がまだガキだった頃だ。

お袋の庇護のもと、ぬくぬくと暮らしていた俺が初めて経験した試練。独り立ちをさせるために、母猫はあんなふうに子供を自分のねぐらから追い出す。

生きていくためだ。母猫は次の命のために大きくなった子供を突き放し、子供は自分で喰っていく術を身につける。

あの時のお袋の恐ろしかったことといったら。

本当に殺されるんじゃないかって思ったのを覚えている。

「ここはあたしの寝床だって言ってるでしょ！」

「でも、僕も」

「出ていけ！」

ギャギャギャギャギャギャ……ッ、とまた白茶の悲鳴が聞こえた。黒猫の隙をついて何度も巣穴に入ろうとするが、黒猫はそれを許さない。

俺たちはその様子をずっと見ていた。

「お母しゃん、どうして？　どうして僕に意地悪するの？」

「うるさいっ！」

黒猫は何度も何度も執拗に白茶を攻撃した。さすがに体力を消耗するらしく、ひどく疲れているようだった。それでも、白茶を巣に近づけようとしない。少しでも近寄ると、ものすごい形相で攻撃を始める。

「出ていけーっ！」

「ひゃ〜っ！　ごめんなしゃいっ！」

とうとう白茶は諦めた。噛まれた傷口を必死で舐め、走り去っていく。痛むのか、途中で立ちどまり、怪我した尻尾をまた舐める。

「お母しゃん……」

未練がましく何度も振り返っていたが、いつまでも自分を睨《にら》む黒猫の迫力におののいたらしく、とぼとぼと歩いていった。

「ちぎれ耳。お前の出番だぞ」

「ああ、わかってる」

「俺も……」

「お前は残るんだ、ふくめん」

　俺についてこようとしたふくめんを、タキシードが制した。

「でも……」

「お前、黒猫の気持ちを言ってしまうだろう？　黙っていられるか？」

　ふくめんは目をまん丸にして固まった。鼻鏡が白に近い薄いピンク色になっている。

「俺に任せろ。ちゃんと斡旋してくるから」

「お、お願いっすよ。必ず、斡旋してきてください」

　頷《うなず》き、俺は血のあとを追った。点々と道路に落ちている。かなり臭った。これはただの血じゃねぇ。傷口が膿《う》んでいる。腐ってきてやがるのかもしれない。早いとこ人間の手に委ねなければ、黒猫の覚悟を無駄にしちまう。悪者になって白茶を追い出したあの牝の気持ちに報いなければ。

　白茶はいた。後ろ姿を見つけ、近づいていく。俺の気配に気づいてビクッとした。怯え、ちょっとした物音にも反応する。

「おいっ、ちょっと待て。襲ったりしねぇから」

「あの……な、なんでしゅか？」

　奴は恐怖を顔に貼りつかせていた。よほど黒猫の攻撃がショックだったようだ。世の中のすべてが自分に意地悪しようとしていると感じているだろう。

「追い出されたんだろ？」

白茶は答えなかったが、すっかり意気消沈している。まだその事実を受け入れられないらしい。

「だから言わんこっちゃねぇんだよ。斡旋してやるって言っただろうが」

「でも」

「いつまでもガキにまとわりつかれるのは嫌なんだよ。お前みたいなデカいガキを持った母猫なんていない。野良猫はな、自分が喰ってくので精一杯だからな」

本当はそうじゃない。お前を自分の子のように想っているはずだ。

だが、伝えることはできない。心が引き裂かれる思いをしたのは、俺ではなくあの牝なのだから。

「尻尾、もっとひどくなるぞ。痛いんだろうが」

「はい、痛いでしゅ。とっても痛いでしゅ」

すっかりしょぼくれた白茶を見て、これなら素直についてくると確信した。

「人間の世話になれ。いいな？」

「はい」

俺は白茶を連れて、あの母子のところに向かった。人間に助けてもらえるのに、白茶の足取りは重い。俺は何度も振り返りながら誘導した。

件の家につくと、中から人間の声が聞こえてくる。よかった。家にいた。見つけたらすぐにでも白装束のところへ連れていってくれるだろう。

「いいか、ここで悲しげに鳴くんだ。憐《あわ》れみを誘え。猫好きの人間はな、怪我した猫をほっとけねぇんだ。ここの人間なら、きっと怪我を治療してくれる」

白茶だけを庭に残し、物陰に隠れた。ほら鳴け、と合図する。

「しゅみましぇ～ん、ごはんくだしゃ～い」

白茶はか細い声で訴えた。すぐには気づかれない。呑気な陽気の下、白茶の声だけがしている。だが、何度か繰り返していると、掃きだし窓からガキが顔を覗かせる。

『ママ！　ねぇ、ママ！　レオ君みたいにおっきい猫ちゃんがいる！　ほら！』

ガキが窓を開け、白茶を指差した。母親が様子を見に来る。

『やだっ、怪我してる！』

慌てた様子で出てくると、母親は身を屈めながらそっと白茶に近づいた。

『どうしたの？　怪我してるの？』

『ママ、舞もそっちに行っていい？』

『駄目よ。怪我して気が立ってるかもしれない。危ないから離れてなさい。お母さんがいいって言うまでそこにいるのよ』

身を屈め、蹲っている白茶に向かってゆっくりと瞬きをしてから手を伸ばす。猫特有のアイコンタクトは、敵意がないという意思表示だ。俺も時々やる。

『怪我どうしたの~？　怖がらなくていいからね~』

優しく声をかけられて白茶は安心したようだ。差し出された指の匂いを嗅いで挨拶をする。鼻を擦りつけるのを見た人間も、ホッとしたらしい。

『おいで~、誰に何されたの？　こんなひどい怪我……わ、ほんとひどい』

女の目に憐れみと怒りが同時に浮かんだ。娘を呼ぶと、ガキは泣きそうな顔で近づいてくる。

『猫ちゃんかわいそう。お母さん、猫ちゃんの怪我治る？』

『大丈夫よ。とりあえずおうちに入れよう。キャリーケース買いに行くわよ。それから病院に連れていこうね。今日はお稽古どうする？』

『行かない。猫ちゃんの傍にいる』

『そうね、たまにはサボりなさい。じゃあ急ぎましょう』

白茶は、されるがままバスタオルにくるまれて家の中に運び込まれた。近づいて窓から中を覗くと、段ボール箱に布を敷いたものに寝かされている。人間は慌ただしく歩き回っていた。あの様子なら大丈夫だろう。白茶は助かる。

住宅街に戻ると、タキシードが待っていた。俺の顔を見て斡旋が成功したとわかったらしく、歪んだ顎に笑みを浮かべる。

「斡旋できたんだろう?」

「まぁな」

「なんだ、浮かない顔だな」

「すっきりってわけにはいかねぇよ」

白茶の気持ちを考えると、複雑だ。安全で快適な生活を送れるだろうが、捨てられたばかりの自分を受け入れてくれた黒猫の拒絶はつらかっただろう。

だが、あいつは人間を頼らない。絶対に。

飼い猫だった白茶と人間を信じない黒猫は、一緒にいられない運命だったと思うしかない。

「行くぞ、マスターが今日は早めに店を開けてくれるんだと」

「そうか。気ぃ遣わせちまったな」

途中、黒猫の巣穴を通りかかると、中で躰を休めていた。白茶への攻撃で疲れたらしく、俺たちに気づきもしない。

ぽっかりと空いた白茶のスペースは、黒猫の心みたいだった。あそこに大きくて白いむっちりした甘えん坊がいた。きなこをつけそこなった餅みたいな、むっちむちの白茶が。

俺は沈む気持ちをため息にし、そこに置いていった。

さて、今夜は何を吸おうか。

白茶の斡旋から数日が過ぎた。

秋はさらに深い色を纏《まと》い、俺たちの周りの景色を変えていく。だが、その日はめずらしく朝から晴れ渡り、気温もこの時期とは思えないほど高かった。日を追うごとに少なくなる日差しを浴びながら昼寝をしたあと、久々に遠出をする。

気持ちよく散歩をしていると、自分を呼ぶ声に脚をとめた。

「しゅみましぇん、おじさん！　おじさんすしゅみましぇーん！　待ってくだしゃい！」

声のほうを見ると、斡旋した白茶が干物のごとく掃きだし窓に貼りついている。大袈裟な言い方ではない。バンザイの格好で窓の中央付近に浮かんでいるのだ。驚いて駆け寄ると、網戸に爪を引っかけて登っているとわかった。驚かすな。一瞬、猫の開きにされたのかと思っちまった。

「おう、かわいがってもらってるようだな。窓も開けてもらったのか？」

「は、はい。お外が見たいって言ったら、開けてくれましゅ」

白茶はバリバリと音を立てた。網戸に爪が引っかかって、ゆっくりとしか降りられない。白い腹が丸見えだ。たらふく喰わせてもらっているらしく、もとの丸々太ったきなこ餅のような姿に戻っていた。相変わらずきなこが足りないが。

「治療してもらったのか？」

奴の尻尾は半分の長さになっていた。布でぐるぐる巻かれているが、すっかり元気を取り戻している。怪我が回復に向かっているのは、間違いないらしい。

「もう平気でしゅ。白装束の人たちに囲まれて怖かったけど、治してもらったでしゅ」

「そうか。よかったな。飯もいいもん喰わせてもらってるようじゃねぇか」

「はいっ、ごはんとっても美味しいでしゅ。毎日いっぱい食べられましゅ。おやつもあるでしゅ」

鼻鏡をピンクに紅潮させる姿は、幸せの証しだった。

白茶は新しい飼い主を「ママ」「パパ」「舞しゃん」と呼び、今の生活がどんなに恵まれたものか力説する。そして俺に礼を言い、最後に上目遣いで聞いてきた。

「あの……外のお母しゃんは元気にしてましゅか？」

外のお母さん、か……。

まさか、あれほどひどく攻撃してきた黒猫を気にしているとは。

「なんでそんなこと聞く？　お前、追い出されたんだぞ」

「多分……僕のためにやったんだと思うんでしゅ」

驚きだ。

こいつは黒猫の意図をわかっていた。わかっていたからこそ、決別したのだ。自分への優しさを受け取った。ボンボンと思っていたが、馬鹿ではないらしい。

「そうか。気づいてたか」

「はい。どうしてお母しゃんは飼い猫になるのは嫌なんでしゅか？」

「生粋の野良にしかわかんねぇよ。お前みたいに人間に飼われたことのある猫にはな」

「そうでしゅか。ところで、あのう……お願いが」

白茶は一度部屋の奥に消え、再び出てきた。目にしたものに、思わず「うっ」と唸《うな》る。ペースト状のおやつだった。猫を虜にする悪魔の喰い物。この俺ですら、野良猫のプライドを忘れて人間に媚《こ》びちまう。

「なんだそれは」

「こっそりくすねて隠しておきました。これをお母しゃんに届けてくだしゃい。僕よりずっと小さくて痩せてたから、これを食べて元気を出して欲しいでしゅ」

網戸をガリガリと開け、隙間からそいつを二本外に出す。

「おじさんが食べないでくだしゃいね。絶対、届けてくだしゃいね！」

「なんだよ、頼んどいて信用してねぇのか？　何度も念押ししなくても、ちゃんと届けてやるよ」

「だってそれ……」

おっと。

俺は自分が涎《よだれ》を流していることに気づいた。慌てて前脚で口の周りを毛繕いする。

確かに喰いたいが、この鈍臭い野郎が黒猫のために飼い主の目を盗んでとっておいたものだ。そんな大事なもんを勝手に喰うなんて真似は、猫の誇りが許さない。

「わかったよ。じゃあな」

「おじさん！　届けてくだしゃいね。ちゃんと届けてくだしゃいね！」

いつまでもいつまでもそう訴える白茶の声を聞きながら、俺は預かったおやつを持って住宅街に戻った。夕陽に染まる街は、どこか寂しげだ。

夕暮れ時の太陽が、白茶の切実な訴えそのままに燃えている。

黒猫の巣穴につくと、そこには誰もいなかった。狩りに出たのかもしれない。俺たち野良猫は一日中寝ているわけにもいかない。

俺は預かったおやつを巣穴に置いた。雑草が押し潰され、黒い毛がたくさん落ちていて猫がいた形跡がはっきりとわかる。よく見ると、白い毛が少し残っていた。

わずかな間、親子のように暮らした痕跡が。

「あいつからの預かりものだ。あのドジっ子が、あんたのために飼い主の目を盗んでくすねといたんだとよ」

帰ってくればいいが。

だが、次の日も、また次の日も、ペースト状のおやつがなくなることはなかった。

もう逝《い》っちまったか。

黒猫は戻ってこない気がした。猫は死期が近づくとわかる。死んだ姿を見られるのは、プライドが許さない。誰の目にもつかない場所でひっそりと死を迎える。それが猫だ。人間に心を許さなかったあいつのプライドの高さを考えると、二度と会えない気がした。

俺が託されたおやつは、いつか他の野良猫が気づいて喰っちまうだろう。だが、あいつの気持ちを知っている俺はそんなことをする気になれなかった。あれは、黒猫のもんだ。

せめて、喰って欲しかった。

あんたが受け入れた白茶が元気にしてると伝えられたら、どんなによかっただろうか。

「くそう、上手くいかねぇな」

秋の深まった夕刻の太陽が、姿を消す。

もうすぐ冬だ。

第二章

不美人

公園でおやつをくれる人間の数も、めっきり減ってきた。朝晩の冷え込みは日に日に厳しさを増し、俺たちの毛皮も夏毛から冬毛へと生え替わっていく。それでもこの時期は、気まぐれに太陽が勢いを取り戻す日もあった。

大きなトカゲを仕留めたあと、運よく人間が捨てていった弁当の中に魚を見つけた俺は、のんびりと公園まで散歩に出かけた。こんなに腹いっぱいになるのは、久し振りだ。あんなに旨いもんを喰《く》わないなんて、人間ってのは理解できない。

「よぉ、オイル。お前も来てたのか」

「なんだよ、おっさん。人間におやつ貰《もら》いに来たのか？」

「馬鹿言え。人間に媚《こ》びなくても、たっぷり喰ってきたよ。お前はまた尻尾立ててスリスリしたのか？」

「俺みたいなイケニャンはそんなことしなくても貰えるんだぜ？　おっさんこそ意地張ってねぇで貰ってこいよ。ほら、あそこにおやつ持った女がいる」

見ると、ベンチで女の二人組がおやつを手に猫を集めていた。時折聞こえてくる音に、写真を撮っているとわかる。

ああいうのは面倒だ。すぐに喰わせてくれりゃいいのに、焦らして欲しがらせ、何度も不快な音を立てる。取引ってことだろうが、飯にありつけた今は近寄る気になれない。騒がしい声も、俺にそう思わせる要因だった。

『おいで～、ほら。こっちこっち。あ、いいの撮れた』

『あ、ほんとだ～。この子すごく人懐っこいね』

『こっちにもいる。わ、でもかわいくない』

『ほんとだ。猫のくせに不細工。顔長っ！』

不細工と言われていたのは、キジトラの牡《おとこ》だった。尻尾をピンと立てているから、キンタマが丸見えだ。猫が甘える時に出る仕草だが、牡が簡単に人間に弱点を見せるもんじゃねぇ。

しきりにおやつをねだっているのに、キジトラはあと回しにされていた。仕方なく分けてやっているという人間の態度が、ここからでもわかる。

見た目ってのは、運命を大きく左右するものだ。俺だって子猫の頃はかわいかったが、今となっては凶暴な顔だの目つきが悪いだの言われる。特に商店に集まってむしゃむしゃおやつを喰ってる婆どもは、スルメしかくれない。かわいげのある奴ならすぐにかまぼこを放るくせに、俺だと滅多にありつけないなんて理不尽だ。

けれども、それが人間だ。同じ猫でも見た目で態度を変える。だから人間に頼りすぎると、生きていけない。

「あんだけおねだりしてるんだ。もう少しくれてやってもいいだろうが」

キジトラに自分を重ねちまったからか、思わず人間に不満を漏らして踵《きびす》を返す。

公園をあとにすると、久し振りに嬢ちゃんのいる住宅街のほうへ歩いていった。

大きな道路を渡った先に嬢ちゃんの家はある。俺と同じ茶トラだが、白の割合が多い若い牝《おんな》だ。一度は不運のせいで飼い主の意志に反して野良猫になっちまったが、今は新しい飼い主のもとで幸せに暮らしている。もと飼い主にも再会できたのは、ひとえに嬢ちゃんがイイ子だからだ。今は『ちゃあこ』と『ルル』の二つの名前を持ち、どちらの飼い主からもかわいがられている。

賢くて、一所懸命で、一途で。

幸せをたぐり寄せるだけのひたむきさは、俺にはない。

俺が庭に姿を現すなり、掃きだし窓のところにいた嬢ちゃんは網戸の向こうで尻尾をピンと立てた。

「あっ、おじちゃま！」

「よぉ、元気そうだな。今日も窓を開けろってねだったのか」

「そうよ。おじちゃまたちがいつ来てもお話しできるように、いつもお願いしてるの！」

猫のために掃きだし窓を開けておく。それは、嬢ちゃんの飼い主が猫想いの証拠だ。

音。匂い。風。家の中に閉じ込められている飼い猫にとって、それらはいい刺激となる。

「元気にしてるようだな」

「とっても元気よ。かなちゃんはいつも遊んでくれるし、ゆみちゃんもよくおやつを持って遊びに来てくれるの」

「そうか。そいつはよかった」

これまで何匹もの猫を斡旋《あっせん》してきたが、のちのち様子を見に来る相手は嬢ちゃんだけだ。CIGAR《シガー》 BAR《バー》『またたび』の常連の中でも、特別な存在といえた。飼い猫になっちまった嬢ちゃんが店に来ることは二度とないが、誰もが常連と認めている。

「この前は、あんこお婆ちゃんが遊びに来てくれたの。おじちゃまがまた捨て猫を斡旋してたって言ってたわ。おじちゃまは正義の味方ね」

「あの婆さん、余計なことを」

「ねぇ、おじちゃま。どうやって斡旋したの？　大人の猫ちゃんだったたって聞いたわ」

「それはだな……」

悲しい別れの部分は省き、俺は白茶の話をした。すると嬢ちゃんはヒゲをピンと前に出し、尻尾を立てて俺の話を聞く。人間にかわいがられている嬢ちゃんにとって、野良猫が飼い猫になる過程は興味深く、心が躍るらしい。嬉《うれ》しそうにしている。

「じゃあ、その白茶の猫ちゃんは尻尾も治って元気なのね？」

「ああ、今じゃあ丸々太って餅みたいな姿になってる。嬢ちゃんもたくさんかわいがってもらうんだぞ」

「もう十分ってくらいかわいがってもらってるのよ。新しい首輪を買ってくれたのに前のも大事に取ってあるの。あたしの抜け落ちたヒゲも捨てないのよ。ブラッシングで出た毛をボールにして集めたり。いっぱいあるんだから」

随分なマニアっぷりだ。

「どうしてゆみちゃんもかなちゃんも、あたしをこんなに大事にしてくれるのかしら」

「嬢ちゃんがかわいいからだよ」

誰にでも好かれる嬢ちゃんが、自分のことのように誇らしかった。同時に、人間に邪険にされていた公園の猫を思い出す。

あいつも人懐こい奴だった。キンタマが丸見えになるほど尻尾を立てていた。人間に好かれる性格なのは間違いない。顔立ちがよければ、かわいがられただろうに。

「どうしたの、おじちゃま」

「いや、なんでもない。じゃあ、俺はそろそろ行くよ」

「また遊びに来てね。『NNN』のお話、もっと聞きたいわ」

「そうそう斡旋なんかしねぇよ。俺はそこまでお猫好《ねこよ》しじゃねぇからな」

部屋の奥で人間の気配がしたかと思うと、嬢ちゃんが呼ばれた。ごはんの時間らしい。嬢ちゃんが「はーい」と返事をしながらそちらに向かう。

嬉しそうに飼い主の足に擦り寄る姿を確認した俺は、先ほど来た道を戻っていった。

舌の根も乾かぬうちに、とはこのことだろうか。

嬢ちゃんと会った数日後。俺は自問しながら、どこに行こうか考えていた。咥《くわ》えているのは、離乳前の子猫だ。耳の先から血が滲《にじ》んでいて、震えている。

嬢ちゃんにそうそう斡旋なんかしないと言っておきながら、烏《からす》の集団に襲われているのを見てつい助けたのだ。放っておけばいいのに、連中に喰われるくらいなら……、なんて気になっちまった。学習能力がなさすぎる。

だが、運ばれながらも母親を呼ぶ子猫の声に、俺はなかば開きなおっていた。

あの黒い羽のついた連中は普段から気に喰わない。高いところから俺たちを見下ろし、時折集団で脅しにかかってくる。若い頃は、獲物を横取りされたこともあった。

俺ほどの牡に成長すればあんな奴らなど怖くはないが、子猫や弱った猫にとって脅威となる。じっと獲物を選別する奴らの黒い瞳は、夜を映す底のない沼のようで、見られて気分のいいものではない。

カァー、と空から俺を小馬鹿にするような声が降ってきた。

ふん、お前らなんかにくれてやるもんか。

俺が辿《たど》りついたのは、自分のねぐらではなく公園だった。馴染《なじ》みの顔が揃《そろ》っている。夕キシードが近づいてきた。すると、俺の口元からオヤジに似つかわしくない甲高い声が発せられる。

「ママー、助けてー。怖い顔のおじちゃんがいるーっ！」

「何を失礼な」

タキシードが不満そうに漏らすが、顎の曲がった猫相《びょうそう》の悪いオヤジに子猫が驚いても不思議ではない。

「ママ、ママーッ、食べられるーっ」

子猫はさらに泣きわめいた。首の後ろを咥えられると普通はおとなしくなるものだが、こいつはもがいて暴れる。怪我はしているものの、これだけ元気があれば今すぐ死ぬこたぁねぇだろう。だが、大騒ぎされては困る。まるで俺が「ママ、ママ」と叫んでいるようではないか。

「おっさん、それどうしたんだよ？」

子供を地面に降ろすと、ベンチに寝そべっていたオイルがいいものを見つけたとばかりに顔を上げた。

「烏に襲われてた」

「だからって拾ってくることはねぇだろ？」

尻尾をゆっくりと左右に振っている。俺をからかって楽しもうという魂胆が丸見えだ。

「ママーッ、ママーッ！」

「坊主、ママはどうした？」

子猫はピタリと泣きやんだ。潤んだ瞳で俺をじっと見上げる。ようやくおとなしくなってくれたかと思いきや――。

「ママーッ、怖いおじちゃんがいるーっ！」

こんなに優しく語りかけてるってのに、なぜ怖がる。

「烏に襲われてただろう。助けたのはおじさんだぞ。おじさんは悪い猫じゃない」

「ママーッ」

「ママはどこにいるかわかんねぇだろうが。なんならおじさんが斡旋してやろうか？　飼い猫はいいぞ。寒い思いもひもじい思いもしなくていいんだからな」

自分の身に何が起きたのかよくわかっていない子猫に、斡旋ってのが温かい飯と寝床が用意されることだと教えた。だが、泣きやむ様子は見られない。こっちが泣きたいくらいだ。

「そんなガキ、放っておけよ。怖がってるぜ？　斡旋先のアテねぇんだろ？」

「うるせぇ、オイル。お前は黙ってろ」

「また行き当たりばったりか。おっさんのくせに、ほんと学ばねぇな。烏からは助けたんだろ？　十分だぜ」

確かにオイルの言うとおりだ。どうしようか迷っていると、塀の上から声がした。

「ちぎれ耳の旦那。お困りのようですね」

「お、情報屋」

分厚い雲の間から光が差す雨上がりのように、困り果てた俺の心にも希望が見える。こいつは以前からCIGAR BAR『またたび』に現れては、いい斡旋先の情報があると俺に教えてくれていた。もしやと、期待が膨らむ。

「ちょうどいいところに来たな。お前、斡旋先のアテねぇか？」

「自分はないですが、実は最近、こいつもよく情報を集めてくれるんですよ」

情報屋の背後から、キジトラ模様の猫が顔を出した。

「こんにちは」

「お前は……」

公園で見た奴だ。顔が長いと言われていたが、近くで見ると猫にしちゃあちょっとばかり長い。いや、ちょっとばかりってもんじゃねぇ。なかなかの馬面だ。

「斡旋先を探してるんですって？　まだ一ヶ所だけ残ってます」

「本当か？　助かる」

「こういう時のためにとっておいたんですよ。少し距離がありますけど、行きましょう」

こんなふうにトントン拍子に話が進むとは、今日はなんてついてるんだ。

まだ飯にありついていないという情報屋とその場で別れ、さっそくそいつについていく。タキシードも俺に続いた。

「なんらよ、お前も来るのか」

「暇なんでな。散歩がてらだよ」

「気になるなら気になるっれ言え」

「暇潰しだと言っただろう。それよりしゃべるな、落とすぞ」

目的の家は俺のテリトリーから離れた別の住宅街にあった。子猫を地面に降ろし、ふぅ、と息をつく。

「ママーッ！　助けてーっ！　顔の怖いおじちゃんがいるーっ！」

いきなり叫ばれ、少々傷ついた。

こうも信頼を勝ち取れないとは……。

ああ、泣け。喚け。どうせ俺の顔は怖いんだよ。段々開きなおってくる。

「ここです。何年も前に飼い猫を失ってましてね、そろそろ迎えようかって話してたのを立ち聞きしたんです」

窓から中を覗《のぞ》くと、部屋には猫を飼っていた形跡があちこちに見られた。キャットタワー。爪研ぎ。猫じゃらし。今も猫が住んでいるようだ。

「よし、ここにしよう」

自転車のカゴに子猫を入れた。話によると、よくこれに乗って出かけるらしい。

「おい、ガキ。ここでじっとしてろ。動くなよ」

「ママーッ！」

俺たちは車の下に隠れてしばらく待っていたが、人間はなかなか出てこなかった。風が吹いて枯れ葉が舞う。カサカサと音がして、耳がピクリと動いた。いい具合に枯れ葉がくぼみに引っかかり、風が吹くたびに揺れながら乾いた音を立てる。

俺みたいなダンディな牡は今さら無邪気に遊んだりしないが、次第に狩猟本能を刺激されてくるから困りものだ。鼻の先をペロリと舐《な》める。

「おい、ちぎれ耳。そわそわするな」

「お前こそ」

「お二匹さんもですか？　俺も実はさっきから気になって気になって」

三匹、むずむずしながら待っていると、音に気づいたのか、子猫がカゴから這《は》い出してきた。アクティブなガキだ。

「おいおいおいおい。出てきやがったぞ。お前の入れ方が悪かったんじゃないか？」

「入れ方も何もあるか。俺はじっとしてるよう言ったぞ」

「どうしましょうかね、すぐに見つけてもらえると思ったんですが」

「坊主、じっとしてろ！　落ちるぞ！」

案の定、子猫は自転車から転がり落ちた。ぴ、と声をあげたが、怪我はないようでよちよちと歩き出す。

「くそっ」

俺は車の下から飛び出して子猫に駆け寄った。首のところを咥えてカゴの中に戻す。間一髪。再び車の下に隠れるのと同時に、人間の女が玄関から出てきた。見られずに済んだらしい。女は車に乗ろうとして、子猫の声に気づく。

『えっ、嘘《うそ》っ！』

続いて玄関から男が出てきた。のんびりと女に近づき、これまたのんびりとカゴの中を覗く。

『カゴがどうかした～？　あ、猫』

『ねぇ、なんで？　そろそろ新しい子をって話してたばっかりよ』

『怪我してるし、病院連れていこっか。日曜の午後に開いてるとこあったっけ？』

『山江《やまえ》先生なら確か看てくれるよ。ほら、おいで～』

俺が咥えた時はピーピー泣き喚いてたってのに、人間に抱かれると安心したように黙る。なんだか腑《ふ》に落ちねぇが、これから飼い猫になろうってガキだ。人間に抱かれるのが上手なら、それに越したことはない。

『だけど誰がこんなところに捨てたんだろ。猫神《ねこがみ》様が遣わしてくれたのかな？』

『なんか運命を感じるよな。チロも日曜に二人でいる時に拾ったよね。かわいかったよなぁ、チロ。あー、俺また会いたくなってきた』

『私も。病院嫌いでさ、連れていくの一苦労だったよね』

口々に飼い猫だった奴の思い出を語る二人を見て、少し強引だったかと反省した。だけど頼んだ。あんたらなら任せられる。

「あの調子ならもう大丈夫でしょう」

問題が解決するなり、風が吹き、くぼみに引っかかっていた枯れ葉が煽《あお》られて舞った。気分はすっきりだ。

これからますます空気が乾いていくが、あのガキが飢えることはない。

「あんた、いい斡旋先持ってたな」

「こういう時はお互い様ってことで」

「一本奢《おご》るよ」

「いいんですか？　じゃあ、遠慮なく」

俺たちは三匹連れだって、今来た道を戻っていった。鼻鏡から水分を奪う乾いた風も、今は心地いい。

日が沈むと、CIGAR BAR『またたび』のドアを潜った。ボックス席に座った俺たちのところに、マスターが注文を取りに来る。

「いらっしゃいませ。今日はこちらの席ですか。おや、見ない顔ですね」

「情報屋の知り合いだ」

「こんばんは」

斡旋を手伝ってくれたと言うと、マスターは敬意の籠もった態度で頭を下げる。

「それはお疲れ様でした。今日はまたたびがいっそう楽しめますね」

「マスター。『コイーニャ』あるか？」

「はい、ほどよく熟成されたものがございます」

全員が同じものを注文した。定番中の定番。キューバ産の代表格。マスターの熟成のテクニックはそれをさらに昇華させ、この上ない逸品となっている。

シガー・カッターで吸い口を作って火で炙《あぶ》ると、ヒュミドールの中で時間という魔法にかけられたそれは、貯えた魅力を少しずつ解き放っていく。

「おお、これは……なんという味わい」

「だろう？　マスターのまたたびは特別なんだ」

尻尾をゆらりと左右に振るのを見て、いかに満足しているのかがわかった。そうだろう

そうだろう。これが大人の楽しみだ。飼い猫になると、こいつが味わえない。

開店したばかりの店内は、たちまちのうちに紫煙が立ち籠める。優雅に俺のヒゲを撫《な》でていくそれは、厳しい現実を覆い隠し、いい酔いを約束してくれるだろう。

「ところで聞いてなかったが、お前、名前は？」

「馬面《うまづら》って言います」

「そのまんまじゃねぇか！」

軽い猫パンチで突っ込むと、馬面はニカッと笑った。その面がまた不細工で、笑いが込み上げる。

「俺はちぎれ耳。見たとおり耳の先がちぎれてるからだ。まだ若造だった頃、ボス猫にやられてな。恐ろしい奴だったよ」

「俺はタキシード。俺も見た目そのまんまだ」

「嬢ちゃんには『顎のおじちゃま』なんて呼ばれてやがるがな」

「あの子は特別だ」

「嬢ちゃん？　誰ですか？」

斡旋した猫だと言うと、鼻をピクピクさせた。話を聞きたがる馬面に、嬢ちゃんが今の家に貰われるまでのいきさつを教えてやる。奴が「へぇ」「それはまた！」「ほぉぉぉお」「なんと！」といちいち反応するもんだから、俺も調子づいて全部話しちまった。

「なるほどねぇ。そんなことが。でもよかったです。苦労してる若い猫が飼い猫になったって聞くと、俺も嬉しくなりますよ」

「変わった奴だな」

「そうですか？　じゃあ、どうしてちぎれ耳さんは斡旋するんですか？」

「そ、それはだな……」

上手く説明できずに口籠もった。いつも深く考えているわけじゃねぇ。

「多分、理由は同じですよ。見ていられないんです」

確かに馬面の言うとおりなのかもしれない。放っておけない。自慢の毛皮にくっついた雑草の種みたいに、気になるのだ。

痛くはないが、動くたびに違和感となって俺を煩わせるそれは無視するより取り除いたほうがいい。ザラザラの舌でこそぎ取れば、あとは快適に過ごせる。

「自分が飼い猫になりたいと思ったことはねぇのか？」

「まぁ、こんな顔ですからね。人間には無視されっぱなしですよ。不細工ってのは損するようにできてるんです」

「確かに流行ってのがあるらしいからな。丸い顔の奴がよくおやつ貰ってる」

公園に集まる人間どもは、かわいい猫にばかり声をかける。成猫より子猫のほうが斡旋もしやすい。小さい猫はかわいいからだ。

「俺も猫相が悪いなんてよく言われるからな。耳はちぎれてるし。よく行く商店の婆なんか、言いたい放題だぞ」

「お前の猫相が悪いのは事実だ」

「お前も俺と変わらねぇだろうが。何がタキシードだ。洒落《しやれ》た名前つけやがって」

「つけたのは俺じゃないからな」

澄ました顔でまたたびを味わうタキシードに、俺はムキになって訴える。

「なぁ馬面、見てみろ。こいつなんて顎が曲がってるんだぞ。口を閉じても隙間が開いてるから、そこから煙が漏れる。この前なんて公園で昼寝してる時に涎《よだれ》が垂れてた」

「よくそんなとこまで見てるな」

「飯喰う時もポロポロ零すだろうが」

「ああ、零すよ。零すさ。しかも、この時期は口が渇いてしょうがない。隙間からどんどん水分が漏れていく」

「お二匹さんはまだいいですよ。俺なんか顔が長すぎて顔洗うのも余計に舐めないと終わらないです。自分でも長いなと時々感心するくらいですから」

がはははは……、と俺たちは声をあげて笑った。

かわいいとはほど遠いオヤジ猫と面長の馬面。似たもの同士とはよく言ったもので、俺たちは意気投合した。俺たちにしかわからない苦労も、笑い話にしてしまえばいいまたたびの肴《さかな》になる。

いつもなら一本吸って帰るところだが、今夜は気分がよかった。馬面に二本目を勧め、火をつける。店内を流れるジャズの軽快なリズムに、気分はさらによくなった。

けれども、楽しい時間ってのは永遠には続かない。

胸がわくわくする恋の季節も、餌が豊富にある夏の盛りも、いずれ俺たちの心にもの悲しさを呼ぶ秋に包まれ、冬がやってくる。残り少ないまたたびを味わいながら、足音を忍ばせて迫る冬の気配をどこかで感じていた。

笑い声はいつしか消え、ゆったりと紫煙を吐き出す気配に変わる。

「実はね、俺にもかわいがってくれる人間はいるんですよ。一人だけね」

ポツリと、雨垂れのように馬面が思い出を零した。

「へぇ、お前みたいな顔でもか」

容赦ないタキシードの言葉にクックックッ、と笑い、こう続ける。

「そう、こんな顔でもです。あんなに優しい人はいません」

「飼ってもらえばいいじゃねぇか。それとも、何か事情でもあるのか?」

馬面は目を細め、鼻をピクリとさせた。ヒゲをピンと前に出し、まるですぐ目の前にその相手がいるように、鼻先を少し突き出した。

「俺をかわいがってくれる人は、目が見えないんです」

馬面が彼女に出会ったのは、残暑厳しい季節だった。

その住宅街にも小さな公園があった。ベンチがあるだけで、子供があまり来ないのもい い。餌をくれる人間もいた。野良猫も多く、人間がくれるおやつは人気で競争率が高く、馬面がありつけることは滅多にない。

ある日、馬面は白い杖《つえ》を持った女がベンチに座っているのに気づいた。猫を見て楽しむわけでもなく、誰かと話をするでもなく、目を閉じている。

しばらく観察し、音を聞いているとわかった。雲雀《ひばり》の声が響き渡ると、口元に笑みを浮かべるからだ。気持ちよさそうに耳を傾けている。

不思議だった。猫ってのは鳥のさえずりに狩猟本能を刺激されるが、彼女は違う。日だまりの中でまどろんでいるかのような表情なのだ。じっと観察していたが、動き出す気配はなく、そうしているうちに馬面も眠くなってきて、うつらうつらした。

次に目を開けた時も、彼女はさっきと同じ体勢のまま座っている。おかしな人間もいるものだと思い、近づいていった。足音を忍ばせていたのに、声をかけるより先に彼女は馬面に顔を向ける。

『誰？』

驚いた。こちらを見たのは偶然ではない。

猫ともあろうものが忍び足を人間に気づかれるのは自尊心が傷つくところだが、澄んだ声がどことなく神秘的で、そんな気持ちにはならなかった。むしろ彼女がいち早く見つけてくれたことが嬉しく、誇らしい気分になる。

それは子猫の頃、初めて狩りに成功した時のような、兄弟の中で一番先に母猫に毛繕いをしてもらった時のような、ささやかな喜びに似ていた。

「お嬢さん、何をしてるんですか？」

『あら、猫ちゃんね』

彼女の顔はこちらを向いているのに、見られている気がしない。おかしいと思っていると、何かを探す動きをする。そこでようやく、彼女の目に何も映っていないと気づいた。

少し考え、鼻先を近づけた。

『やっぱり猫ちゃん。野良猫なの？』

「そうですよ」

喉をそっと撫でられ、目を閉じた。人間に優しくされたことのなかった馬面は、思わず顔を擦りつけてもっととねだる。彼女の指は、猫が気持ちいいところをわかっているのか、少し強く押しつけただけで要求に応じてくれる。

『人懐っこい猫ちゃんね』

気づけば、ゴロゴロと喉を鳴らしていた。人間に対してこんなふうに接するのは初めてだ。いつも邪険にされ、猫好きの人間にすらあまり関心を示してもらえない馬面は、素直に甘えることにいつも躊躇《ちゅうちょ》していた。

甘えた相手に邪険にされるのは、夕立に降られて自慢の毛皮に泥水が跳ねた時みたいな、ちょっとばかり悲しい気持ちになるのだ。

『ふふ。喉鳴らしてる』

馬面は初めて知った。猫好きの人間に撫でられるのは、こんなに気持ちいいことなのだと。自分より大きい者の慈しみを感じさせる手。母猫に毛繕いをしてもらった時と同じ、安心感もある。

寝転がり、ここも撫でてくれと腹を出す。

「くふふふふ、気持ちいいなぁ。母ちゃんを思い出すなぁ」

『そうなの、そんなに嬉しいの。あなたは尻尾が長くて綺麗《きれい》ね。あ、でも先がほんの少し曲がってる。ふふ、こんなに懐いてくれるなんてかわいい』

彼女の言葉は、耳に心地いい声と相俟《あいま》って馬面の心を甘い幸せで満たした。

かわいい。

他の猫には向けられても、自分に向けられることはなかった言葉だ。長らく忘れていた慈しみの気持ちが、春の日だまりのように馬面を包む。

あまりに嬉しくて、起き上がって今度は足の間を八の字に歩いて躰《からだ》を擦りつけた。

この人間に自分の匂いをつけたかった。他の猫が近づかないよう、自分だけのものだと主張したかった。

だが、幸せな時間は長くは続かない。彼女のポケットで音が鳴ると、優しい手は馬面に一抹の寂しさを残して離れていく。

『そろそろ行かなきゃ。かわいい猫ちゃん。撫でさせてくれてありがとう。また来るから次も撫でさせてね』

地面に行儀よく座って彼女を見上げるが、その目はやはり馬面を見てはいなかった。けれども、心は自分に向いていると感じた。

また来てくれるだろうか。

こんなふうに期待をするのも初めてで、複雑な感情に戸惑いを覚えずにはいられない。

次の日も公園を訪れたが、彼女の姿はなかった。次の日も、また次の日も。そんな日をいくつも数え、やはり期待などするものじゃないと諦めかけたある日、馬面はベンチにあの時の彼女がいるのを見つけた。嬉しさのあまり小走りで近寄る。

前回と同じように、馬面が声をかけるより先に顔をこちらに向けられて、ますます嬉しくなった。

「待ってたんだ。まさかまた会えるなんて！」

『あ、猫ちゃん。あなたはこの前の子？』

言葉が通じない彼女のために、どうすれば自分だと伝えられるかと考えた。そして、前にした時のようにピンと尻尾を立て、足の間を八の字に歩いて躰を擦りつける。すると彼女はまた喉を撫でてくれた。

『やっぱりこの前の子だわ。そうでしょ？　ねぇ、おやつ持ってきたの』

手探りで鞄《かばん》の中からペースト状のおやつを出すのを見て、心が躍った。なかなかありつけない代物だ。他の猫が貰っているのを眺めるだけで、自分にまで回ってこないことが多い。

『お店の人に、これが猫に人気だって聞いたの。食べる？』

「食べる！」

馬面が返事をすると、彼女はパウチを開けてくれた。馬面の居場所を手で確認すると、鼻先におやつを差し出す。

「美味しいなぁ、本当に美味しいなぁ」

思わず声をあげたせいか。他にも野良猫が集まってきた。押しのけられ、いつものように引き下がる。

『あら、こっちにも猫ちゃん』

甘える野良猫たちに、彼女は分け隔てなく接した。欲しいと訴える猫にまんべんなく行き渡るよう、手で猫を探りわけている。

馬面は少し寂しかった。自分だけを甘やかしてくれる相手ではないと悟ったからだ。野良猫たちに囲まれる彼女は、幸せそうに笑っている。

ペースト状のおやつがなくなると、集まってきた猫たちはそれぞれ毛繕いや昼寝を始めた。さっさと公園をあとにする猫もいる。

もう少し食べたかったが、それでもよかった。今日は少し貰えた。十分だ。

『さっきの猫ちゃんはどこに行ったのかしら。猫ちゃ～ん、おいで～。遠慮しなくていいのよ』

まさか自分が探されるとは思っていなかった馬面は、嬉しさのあまり駆け寄った。右足、左足と、八の字に足の間を歩きながら躰を擦りつけると、彼女はまた優しく撫でてくれる。尻尾の先を触られ、ほんの少し鍵になっているのを確かめられた。

『他の子は競争して食べるのに、あなたは遠慮がちね。食べられなかったでしょう？』

彼女は馬面を自分が座っているベンチに乗せると、鞄の中からもう一本出した。

『他の子には内緒ね』

まさか、まだ持っていたなんて。しかも、取っておいてくれたなんて。

こっそり開けてもらうと、今度は黙って食べた。

『ゆっくり食べていいのよ』

自分を特別にかわいがってくれる彼女。彼女に飼われたらきっと幸せだろう。きっと毎日が楽しいだろう。

人間に対してそんな気持ちを抱いたのは、初めてだった。


「あんなふうに撫でてくれる人間は、彼女だけです。時々しか現れませんが、会えた時は嬉しくてね」

馬面は目を細めて笑っていた。幸せそうで、満たされた顔をしている。

「俺に名前もつけてくれたんですよ」

「馬面じゃなくてか？」

「ええ。『てんちゃん』と呼ばれます。慎ましいからだそうです」

「慎ましくてどうして『てんちゃん』なんだ？」

「さぁ、『慎ましい』が何かになってそれがまた別の何かになって……とにかく、繋《つな》がってるみたいです」

安易なネーミングの俺からすると、回り回って辿りついた名前ってのは、どこか特別な感じがする。タキシードも同じらしい。いいな、と笑った。

「そのうち遠くに行って目の手術を受けるって言ってました。ちゃんと目が見えるようになったら、飼いたいって言ってくれたんですよ。去勢することになるけど、それでもいいかって」

「じゃあ、飼ってもらえばいいじゃねぇか。さすがに去勢はいやか？」

馬面はまたたびを灰皿に置き、ペロリと鼻鏡を舐めた。そして、自分を落ち着けるように前脚を舐め、ゆっくりと撫でるように顔を洗う。

「そこにこだわりはないんです。でも、俺を見たらがっかりするに決まってます。ほら、俺はこのとおり不細工だから」

あっはっはっはっ、とおどけてみせるが、さっき俺たちと高笑いしてた時とは違う、力ない声だった。から元気を出しても、本音は隠しきれない。

「だから、今のうちにたくさんかわいがってもらおうと思ってね」

馬面が再びまたたびに前脚を伸ばすと、形を保っていた灰がその先から落ちた。いとも簡単に崩れるそれは、こいつが抱く淡い夢と同じだった。言葉にすれば消えてしまうほど儚《はかな》く、脆《もろ》い。

「いやぁ、しかしここのまたたびは本当に美味しいなぁ。こんな店があるなら、野良猫のままのほうが幸せってもんです」

精一杯の強がりが、またたびをほろ苦くする。

果たして彼女はがっかりするだろうか。馬面の顔を見て、気持ちが冷めるだろうか。人間なんてそんなもんだと声がする一方で、俺はどこかで彼女の目が見えるようになっても、馬面をかわいがってくれるんじゃないかと思っていた。だが、こいつに言っても信じないだろう。

邪険にされることが多かったからか、馬面は愛されることに臆病だ。

「で、お前どうするんだ?」

「俺の身代わりを探そうと思ってるんです」

「身代わり?」

「ええ。斡旋先としてあの人は信用できるし」

馬面が言うには、自分の姿にがっかりされるのは耐えられない。だが、彼女が自分を飼いたいというなら、かわいい顔の猫に身代わりになってもらいたい。

そうすれば、自分は彼女の中で永遠にかわいい猫のままでいられる。

「だから、俺と似た奴がいたらこう教えるんです。尻尾を立てて足の間を八の字に回りながら躰を擦りつけろって。目が見えるようになったあの人は、きっと猫を飼うだろうから、すぐに飼い猫になれるってね!」

本当は自分が彼女の飼い猫になりたいに違いない。それなのに嘘で身を固めるこいつが悲しくて、少し腹立たしかった。

信じる強さが足りないだけだとわかっていても。

「そろそろねぐらに戻りますかね。明日あたり、あの人が公園に来る頃だし。じゃあごちそうさまでした。今日はいいまたたびにありつけて本当によかったです」

馬面は満足げに言い、店をあとにした。カラン、と鳴ったカウベルの音は、置いていかれたあいつの未練のようで、心なしか元気がない。俺とタキシードは、しばらく無言でまたたびの煙を口の中で転がしていた。沈黙に耐えられなくなったのは俺だった。

「なぁ。あいつ、あれでいいのか？」

「本猫《ほんびょう》がそう言ってるんだ。しょうがないだろう」

「お前は冷てぇな、タキシード。あいつの本音はわかってるだろう？」

「わかってるさ。だが、どうしようもない」

そうだ。こいつの言うとおりだ。どうしようもない。

「またお節介かい？　諦めるんだね」

「おわっ、あんこ婆さん！　いたのか！」

後ろのボックス席からかけられた声に、背中の毛がツンと立った。

「ずっといたよ。あんたらが盛り上がってる時からね」

あんこ婆さんはこちらに背を向けたまま、山火事のように煙を吐き出していた。相変わらずいい猫背だ。ペースが速いのは、この婆さんも思うところがあるからだろうか。

もと飼い猫だったからこそ、感じることもあるだろう。

「飼いたいとまで言ってくれた相手だぞ。信じてやればいいんだよ」

「美しい想い出を穢したくないのさ」

そんなものか。

彼女との時間がかけがえのないものであるほど、あいつの心は頑なになる。底冷えのする真冬にねぐらでギュッと丸くなるように、臆病風に吹かれたそれは、春の日差しが温めてやらないとカチンコチンに固まったままだ。

あいつにとって不安を溶かしてくれる太陽は、昇るのだろうか。飼いたいという彼女の言葉ですら、まだ足りない。大寒波に見舞われた住宅街さながらに、だんまりを決め込んでいる。

やり場のない思いに胸がつまり、俺は自分が吐く煙をじっと見ていた。

切ない夜は静かに更けていく。


「うー、吸いすぎた」

久々の二日酔いに、俺は朝の狩りもそっちのけで新鮮な水を求めて歩いた。庭のバケツにたまっていた水には木の葉が浮かんでおり、不機嫌な空が映り込んでいる。

顔を近づけ、舌で水を掬《すく》った。冷たい。

「ちょりーっす！」

ふくめんが塀の上を歩いてくるのが見えた。いつものようにご機嫌で尻尾をピンと立てている。危険を感じた俺は、近づかれるより先に奴を制した。

「突進してくるな！」

「えっ……っと、なんっすか」

勢いを殺したところで鼻先をちょんとつけて挨拶する。ふくめんは物足りなさそうにしていたが、毎回顔をぶつけられるこっちの身にもなってみろってんだ。

「ったく、少しは静かにできねぇのか。朝から騒がしい奴だな」

「元気が取り柄なんで！　で、どうしてそんなに目がうつろなんっすか？　吸いすぎ？」

「ああ、ちょっと深またたびしちまった」

「昨日は狩りに苦戦して疲れたから、行かなかったんっすよね。あ、そういえばねぐらに帰る途中、ちぎれ耳さんの知り合いって猫に会いましたよ。またたびを奢ってもらったって。自分に似た大きさで斡旋を希望する猫がいたら、教えてくれって言ってたっすよ。新しい活動っすか？」

本当に身代わりを探しているのか。

「俺も見たぜ？　情報屋が連れてた奴だよ。ほら、キジトラの」

「あ。オイル！　おはようっ！」

鼻の挨拶に、オイルは少し鬱陶しそうにしながらも応じた。なんだかんだ言ってふくめんには甘い。『NNN』の活動も気が進まないと言いながら、ふくめんが誘うと仕方ないという顔でつき合う。

「いろんな猫に声をかけまくってるぜ？　怪しいからみんな遠巻きにしてるけど、なんでわざわざ斡旋したがるんだ？　しかも、自分と同じくらいの大きさの猫なんてよ」

「どうかしたんっすか？　難しい顔して。――あ、ちぎれ耳さんっ！」

「お前ら、そいつに会っても紹介なんてするなよ！」

いてもたってもいられず、俺はこの前斡旋した家のある住宅街へと向かった。狩りもそっちのけで遠出するなんて、自分でも呆《あき》れる。

「公園があるっつってたな」

慣れない場所。慣れない匂い。この前はタキシードもいたし、子猫を抱えて切羽詰まっていたから気にならなかったが、やはりテリトリーから遠く離れた場所ってのは落ち着かない。

しばらく周辺を歩いていると、ベンチだけの公園を見つけた。誰もいない。この薄曇りじゃ、人間も外でのんびりしようとは思わないだろう。

注意深く見ていると、馬面を見つけた。植え込みの陰で昼寝をしている。いつ来るかわからない彼女を、ああして待っているのだろうか。

ほんのわずかな触れ合いのために。彼女に撫でられるために。

奴の一途さは、俺が想像していた以上だ。

不機嫌な空がゴロゴロと唸《うな》り声をあげた。これ以上機嫌を損ねると、大粒の雨を降らせるだろう。不満をたわわに含んだ分厚い雲が、外にいる者に帰れと忠告しているようだ。

「くそ、俺は何しに来たんだ」

馬面をここで観察している自分も似たようなものだと気づき、踵を返そうとした。だが、奴の耳がピクリと動き、顔を上げた。

チッチッチッチ、とアスファルトを軽く叩《たた》く音が微かに聞こえる。それは近づいてきて公園の前でとまった。方向転換し、中に入ってくる。

白い杖をついた女だった。目の代わりに使っているのだろう。杖で自分の歩く方を探っているらしい。なるほど考えたものだ。

彼女はベンチへ近づいていき、手で確かめてから座った。馬面が植え込みから飛び出してきて、尻尾を立て足の間を八の字に歩きながら躰を擦りつける。

『あ、てんちゃんね。こんにちは』

「こんにちはっ！　こんにちはっ！」

　満面の笑みを浮かべる彼女は嬉しそうだった。馬面だけではない。彼女もまた、馬面と会えるのを楽しみにしているのだ。寒くても、雨が降りそうでも、わざわざ公園に来るほどに。

『おやつ持ってきたの。食べるでしょ？』

「食べる！」

『おいで。ここに座って』

　彼女が自分の隣を叩くと、馬面はベンチに飛び乗った。気温が低いからか、他の野良猫どもの姿はない。ペースト状のおやつを差し出され、誰にも邪魔されないよう静かに食べ始める。

『美味しい？』

「うん」

　あっという間に食べ終わったが、馬面は彼女から離れなかった。顔を擦りつけ、ゴロンと横になって膝を枕にする。彼女の手が気持ちいいのか、腹を出した。喉や腹を撫でられる馬面の幸せそうなことといったら。

　すぐにでも雨を降らせそうだった空も、そんな馬面に免じて少し機嫌を直したようだ。日が差し始める。

『ねぇ、てんちゃん。私の目、治るかしら』

「治るよ。きっと見えるようになるよ」

『見えるようになったら、あなたを飼えるかしら』

「大丈夫だよ。猫を飼えるようになる」

『あら、そう？　あなたもそう思う？』

言葉が通じないはずの一人と一匹の会話は、成立していた。心が通っていると、あんなふうになる。俺もちくわをくれた婆ちゃんとは、そんな瞬間がいくつもあった。俺の気持ちを理解し、なんて言っているのか想像するのだ。

だが、馬面の嘘までは見抜けない。

『今は飼えないけど手術が成功したら迎えに来るから、うちに来てね』

「うん」

『ほんと？　来てくれる？』

「うんっ！」

一人と一匹の触れ合いを見ていると、この時間が限りあるものだということが、どうしても納得いかなかった。

あいつは彼女とあとどのくらい一緒にいられるのだろう。残りわずかな時間を大事にしようと、精一杯甘えようという気持ちがここまで伝わってくる。

なんだこのもやもやは。

見ていられなくて、今度こそ帰ろうと踵を返した俺の耳にその言葉が飛び込んできた。

『しばらく来られないけど、また来るからね』

振り返ると、馬面はベンチの上に立って彼女を見上げていた。自分を映さない瞳をまっすぐに見る後ろ姿には、戸惑いが見えた。覚悟をしていてもショックは隠しきれない。

「しばらく？」

『手術の日取りが決まったのよ。だから、しばらく来られないの』

「そうか。そう、なんだ」

『あなたがどんな柄の子なのか、見られるのが楽しみ』

ピンと立っていた尻尾が垂れたかと思うと、馬面はその場に座る。立派な猫背がより深く曲がっていた。

せっかく晴れ間が見えていたのに、風が吹いて雨雲が一気に立ち籠めた。あいつの心を代弁するかのように、空がポツリと落涙する。

『あ、雨。もう行かなきゃ』

「もう行くの？」

『じゃあ、またね』

またね。

再び会う約束の言葉が馬面にとって別れのそれだと、彼女は気づきもしない。終わりってのはいつも突然で、あっけないのだ。

寒さが厳しくなり、チカチカと光を放つ庭が夜を騒がせる季節になった。俺たち猫の目は光を感じやすくできていて、通るたびに鬱陶しい。

人間どもが浮かれる一方で、俺たちは喰い物を探して歩く時間が長くなり、過酷な季節が忍び寄ってくる。寒さがズシン、と落ちてくるような日も多くなり、ねぐらから出るのが億劫《おっくう》になり、足取りも重くなる。生きていかなければならないから、外に出て狩りをするだけだ。

「やっぱり腑に落ちん」

その日、俺は久々にＣＩＧＡＲ　ＢＡＲ『まただび』のカウンター席に座っていた。

支払いは拾ったカマキリの脚が一本という情けないものだった。寒さが増すにつれて獲物の数も減る。だが、吸わずにはいられなかった。

馬面の身代わり探しに力が入っていて、最近は俺たちの住宅街にもよく姿を現す。彼女にとって、かわいいままの自分でいたいのだろう。その気持ちが切ない。

おかげで奴のことは噂《うわさ》になっていた。先が少し鍵になった長い尻尾の成猫を探している妙な奴がいると。

気にするなと自分に言い聞かせても、その動向が猫《ねこ》づてに俺の耳にも入ってくるのだから、無視できない。

「まだ気にしてるのか？」

「悪いか。お前は冷てぇな、タキシード」

今日の一本は、『ニャン・セカ』。

淡雪のような白くて薄い紙に包まれたそれは、この季節になると吸いたくなる。冷えきった地面に音もなく舞い降りてくる初雪のようだ。

何もかも呑《の》み込んでしまいそうな白。音すらも吸い込んでしまう。ずっと俺の胸をもやもやさせるこの気持ちも吸い取ってくれればいいのに。

来客。

出入り口のカウベルの音が、それを知らせてくれた。オイルだ。ふくめんもいる。

「あいつ、とうとう見つけたみたいだぜ？」

オイルは座るなりそう言った。

「なんだって？」チラリと見ると、前脚の肉球をべろんべろんと舐めている。余裕の態度が憎たらしい。

「あんこ婆さんに聞いたぜ？　噂の猫、自分の身代わりを探してたんだろ？」

「声も似てるらしいっすよ。本当にいいんっすかね？」

ふくめんがしょぼくれた顔をしていた。いつもはピンと張ったヒゲが、今は物寂しく穂を垂らすススキのように下を向いている。

俺もわかりすぎるほどにわかっていた。本当はあいつが彼女の飼い猫になりたいはずだ。自分に優しくしてくれた、たった一人の人間なのだ。だが、どうしようもない。

「マスター。俺『ネコニダ』。いいのある？」

「用意してございます」

オイルはシガー・カッターで吸い口を作り、またたびを炙った。じっくりと時間をかけて目覚めさせるその横顔にも、どこか憂いを感じる。

「見つけたのはこっちの住宅街みたいだぜ？　身代わりに選んだ奴のねぐらがあるってんで、わざわざ通ってるってよ。はっ、馬鹿だよな」

オイル曰《いわ》く、馬面はそいつに甘え方を教えていたという。『てんちゃん』と呼ばれれば返事をし、尻尾を立てて足の間を八の字に歩く。簡単だ。

「そうか」

「もう諦めろって、おっさん。本猫が決めたことだぜ？」

「ちぎれ耳さん。本当にいいんっすかね？　黙ってるんっすか？」

「なんで俺に言う。オイルの言うとおりだ」

仕方がない。どうしようもない。

いくら繰り返しても、それは俺の心に染み込んではこなかった。艶やかな毛皮が雨を弾くように、侵入を拒絶する。黙って受け入れるほど、心は諦めていないのかもしれない。

それから急に寒波が来て、ねぐらから出られない日々が続いた。馬面がどうなったのかわからないまま、寒さに耐える日々が続く。容赦なく暴れ回る冬の暴君は、俺たち小さき者をあざ笑う。

俺は強風にさらされてガタガタと鳴る物音に、なぜか責められている気分だった。

このままでいいのか。本当に黙っているつもりか。

煩わせるその声を無視し、ひたすら待ち続けるしかない。


久し振りにねぐらから出た俺は前脚を突き出し、尻を高々と上げて伸びをした。

腹が減って仕方がない。早いとここの空腹を満たさなければ。

喰い物を探して住宅街を彷徨《さまよ》っていると、烏が集団でゴミ袋を漁っているところに遭遇した。奴らも今来たばかりらしい。袋の中身はまだ無事だ。引き出すのに手こずっている。

爪で裂き、嘴《くちばし》でついばんでいるが、時折通る人間の姿に警戒してなかなか仕事が進まない。

ぐずぐずしてるんなら、俺が貰ってやる。

「おい、そいつをよこせ」

近づくとカァ、と嫌な声で鳴かれた。俺を遠巻きにしている。

「やんのか、コラ」

身を低くしてゆっくりと近づいた。チョン、チョン、と軽くとび跳ねて移動する奴らに狙いを定めて襲いかかる。羽音。俺の爪は空を掻《か》いただけだったが、もとより捕まえる気などなかった。飯の邪魔さえしなければ、奴らなど気にする価値もない。

「お、いいもんが入ってる」

中から出てきたのは、身がたっぷりついている魚だった。袋を破り、中から獲物を引きずり出す。気配を感じて振り返ると、烏どもが俺に迫っていた。

あの嘴でやられると、さすがの俺も無傷ではいられない。とっととずらかるのが利口ってもんだ。

「残念だったな」

俺は魚を咥え、その場をあとにした。獲物はなかなかのサイズで、得意げな気分で安全に喰える場所を探す。

『あーっ、猫がでっかい魚咥えてるっ！』

人間のガキが俺を指差して笑った。お前らにはくれてやらんぞ。

辺りを見回して敵がいないのを確認すると、俺はゆっくりと獲物を堪能した。脂が乗っていて、最高に旨い。骨の間のわずかな身もザラザラの舌でこそぎ取れば、かなりの量になる。この時ほど、猫に生まれてよかったと思うことはない。

「あー、喰った喰った」

口の周りについた脂を舐めて綺麗にすると、日向を探して歩いた。公園は人間のガキがいてうるさかったため、道端に停めてある車の上に乗る。

久々に浴びる太陽の光に目を細めていると、遠くから俺を呼ぶ声がした。

「ちぎれ耳さーん。よかった、いたっすよ、オイル」

「何のんびり日向ぼっこしてるんだよ」

「どうかしたか？」

立ち上がり、飯の余韻を終わらせる。こいつらが慌てて来る理由は、一つしか浮かばない。

「今聞いたんっすけど、馬面さんが身代わりの猫を呼びに来たらしいんっすよ。迎えが来たから、自分の代わりに彼女のところに行けって」

「いつの話だ？」

「俺も直接見たわけじゃないからわかんないっす。多分、そんなに時間は経ってないと思うんっすけど、もう昼だし」

聞くが早いか、馬面のいる住宅街へと向かった。久々の飯だったとはいえ、悠長に構えすぎていたかと反省する。

彼女は、身代わりの猫を連れていっちまったんだろうか。馬面と信じて、自分の猫として飼うのだろうか。

「くそ」

道すがら、見知った顔に出会った。

「よぉ、タキシード！」

「なんだ。何があった？」

奴は俺の慌てように気づいて追いかけてくる。

「あの女、とうとう馬面を迎えに来たらしい」

「目が治ったのか？」

「おそらくな」

俺たちは競うように公園へ向かった。

公園につくと、あの時の女が猫におやつを与えていた。よかった。まだいた。けれども彼女が相手しているのは、馬面じゃない。大きさも尻尾の長さも似ているが、柄が全然違う。できそこないのふくめんみたいな、バランスの悪いハチワレ柄だ。

おやつを食べ終えたハチワレは、彼女の足の間を八の字に歩く。

「馬面もいるぞ」

馬面は植え込みの陰に身を隠していた。

『そう、美味しかったの？』

彼女はハチワレの背中を撫で、尻尾をそっと触った。先が曲がっているのを確認しているのだろう。このままでは、彼女は本当に身代わりを連れていっちまう。

「おい、馬面」

俺が近づくと、バツの悪そうな顔をした。

「いいのか？」

「いいんです。これでいいんです。俺なんかちっともかわいくないから」

彼女には連れがいたらしい。別のベンチのほうにいた女が、周りを見渡しながら歩いてくる。

『ここ自然が多いね。お姉ちゃんが散歩に来るの、わかる気がする』

『でしょう？　鶯《うぐいす》とか雲雀とかの声もよく聞こえるの。いいところよ』

『本当は離れたくないんじゃない？　無理に引っ越さなくてもいいと思うけど。視力が安定するまで最低三ヶ月はかかるんだし』

引っ越すのか。

馬面を見ると、ショックを隠しきれないようだった。彼女の飼い猫になれないだけじゃなく、二度と会えなくなる。

『いつまでも叔母さんのところで甘えてばかりもいられないしね。それに、お父さんたちが残してくれた家をずっと空き家のままにしておくのもどうかと思って』

『私が管理してるからいいのに』

『仕事忙しいんでしょ？　あなたにばかり負担はかけられないわ。私が住んで管理すれば、少しは負担も減ると思うの』

馬面は二人の会話を聞きながら、本当にここにはもう来ないのだと実感したらしい。彼女の姿を目に焼きつけておこうとばかりに、まっすぐに見ている。

「二度と会えなくなるんだぞ」

「わかってます」

彼女は周りを見回した。別の猫がおやつをくれとねだりに行くと、妹にもおやつを渡す。今季初めての寒波が襲ってきたばかりなだけに、腹を空かせた野良猫どもがぞろぞろと二人のもとへ集まった。二人とも満面の笑みで、猫たちに話しかけている。

「最後くらい貰ってこい。紛れりゃわかんねぇだろうが」

「そ、そうですね」

さすがにこのまま別れるのはつらすぎると思ったのか、馬面は他の野良猫に紛れて彼女のもとへ向かった。だが、他の猫に押しやられてなかなかありつけない。それでも彼女は全員に行き渡るよう気を配っているため、馬面も少しだけ口にできた。優しい人間だ。

さよならと言うには、あっさりしすぎる触れ合いだったが、最後に彼女の手から直接おやつを貰えたことは、馬面にとっていい思い出になるだろう。

『お姉ちゃん、そろそろ行こうか。この子、キャリーに入れていいんでしょ』

できそこないのハチワレが抱えられた。さすがに少し抵抗したが、すぐにおとなしくなる。だが、蓋が閉められる寸前――。

『あ、違うの。その子じゃないの』

ピクリと、馬面が反応した。

『え、でもてんちゃんって八の字に歩く子でしょ？　鍵尻尾だし、返事もしたよ。ねぇ、てんちゃん』

にゃあ、とハチワレが鳴く。声も似ていた。

『でも違うの』

彼女はそう言って馬面を見下ろし、手を伸ばした。頭を撫でながら目を閉じたかと思うと、口元に笑みを浮かべる。

『あなたね？　てんちゃん』

再び目を開けた彼女は、馬面を見ていた。できそこないのハチワレでも、他の野良猫でもない。

『あなたがてんちゃんでしょう？　どうして足の間を歩いてくれないの？』

「そ、それは……」

自分だと気づいてもらえた喜びと、彼女を落胆させる悲しみとが綯《な》い交ぜになって、馬面を戸惑わせている。

『ね。そうでしょ？　あなたがてんちゃんでしょ？』

『えー、そっちの子？』

もう一人の女が近づいてきて、彼女の手元を覗き込む。

馬面はまだ迷っているようだった。自分が本当のてんちゃんだと言っていいのかと。自分なんかがと。

『慎ましくてかわいい猫ちゃん。こんな柄だったのね』

『ほんとにそっち？』

『こっちよ。手触りとかでわかるの。声もね、似てるけどその子じゃないの』

声に自信が満ちていた。なぜ、見たことのない相手を見分けられるのか。

繰り返した触れ合いが、通じ合った心が、彼女の心の目を磨いたのかもしれない。まごうことなき真実を映す力を与えた。

『へ〜、こっちか。顔長いね。キツネっぽい』

『そうなの。手で触った感じも面長だったもん』

『エジプトとかにいそうだよ。ほら、なんだっけ。猫の神様』

『バステト神？　そうね、そんな感じ。本当に綺麗な子』

二人は口々に馬面を褒めた。

綺麗な子。

そんなふうに言われたことなどなかっただろう。

「俺でいいの？」

『ねぇ、私のところに来てくれる？』

「本当に俺でいいの？」

『あなたのために、おもちゃも買ったの。猫砂とかもいろいろ用意してるのよ。ずっとこの日を待ってた。だからあなたがいいならうちに来て欲しいの』

「行く。あなたのところに行く！」

馬面は彼女の足の間を八の字に歩いた。そして頭をゴツンと当てて甘える。

『ほんと？　来てくれる？　よかった。足の間を歩いてくれなかったから、自由な野良のままがいいのかと思った。嬉しい』

『よかったね、お姉ちゃん』

少し日が差してきた。日に日に寒さは増すが、ふとこんなふうに厳しさが和らぐこともある。

『でもなんでてんちゃんなの？』

『他の子が来ると遠慮するのよ。慎ましい子だから慎二《しんじ》とか慎太《しんた》かなーって思って。でも、猫っぽい名前がいいから、慎太からところてんになって』

『あー、なるほど、心に太いって書いてところてんだもんね』

『そう。だからところてんちゃんにしたいけど、長すぎるからてんちゃん』

『あはははは……。何それ。回りくどい！』

よくわからなかったが、とにかく彼女はあれこれ考えた挙げ句に『てんちゃん』にしたらしい。いい名前だ。

「よかったな、馬面」

俺が言うと、ふくめんが鼻鏡を紅潮させ、ヒゲを立てた。

「よかったっす！　幸せになってください！」

「まさかこうなるとは思わなかったぜ」

相変わらずクールぶっているが、オイルも嬉しそうだ。

「元気でな」とタキシード。

「ありがとうございます！　さようなら、皆さん。またたび美味しかったです。あと一回くらい行きたかったって、マスターに伝えてください」

急な別れだが、俺たちの心は晴れ晴れしていた。幸せになるなら、それが一番だ。

『なんか猫が騒いでる』

『お友達かも』

『まさか見送り？　あはは、面白い』

俺たちはキャリーケースに入れられた馬面を見送った。こんな清々しいさよならなら、何度だって経験していい。

「で、あいつの立場は？」

その時、オイルが俺たちに現実を突きつけた。振り返ると、できそこないのハチワレが不満を顔に貼りつけて佇《たたず》んでいる。

「なんだよ、俺は最初乗り気じゃなかったんだ。キンタマ獲られるっていうし、だけどあいつが飼い猫生活はいいってしつこいから、その気になったんだよ」

清々しい別れの余韻が台無しだ。

俺は苦笑すると、そいつに肩を並べてこう言った。

「今夜は一本奢るよ」

第三章

タキシードの場合

またたびを吸うために生きている。そんな気分になる逸品だった。

俺はCIGAR《シガー》 BAR《バー》『またたび』のカウンター席で、紫煙を燻《くゆ》らせていた。今夜の相棒は『ポール・ニャニャニャーガ』。生産量が少なく、いい状態のそれに出会える機会など滅多にない。そんな逸品を常に用意しているのだから、マスターは尊敬に値する。

だが、それすら心を覆う分厚い雲を取り除けない時もある。

「浮かない顔だな、ちぎれ耳」

隣に座っているのは、タキシードだった。歪《ゆが》んだ顎と大きな顔。この店の常連となって久しい。以前はガキの頃に片目を失った薄汚れた白のオヤジがいたが、それももうずっと昔のことのように感じる。

「まぁ、生きてるといろんなことがあるからな」

タキシードの顎が歪んでいるのは喧嘩《けんか》が原因で、猫相《びょうそう》がとんでもなく悪い。俺も他猫《たびょう》のことは言えねぇが、目つきもなかなかのもので、顔を見ただけで逃げていく牡猫《おすねこ》もいるくらいだ。

今は宅地になった山に住んでいたおかげで骨太で筋肉質なのだが、俺たちの住宅街に移り住むようになっても変わらない。こいつと一戦交えたら、ただじゃ済まないだろう。出会ったのが喧嘩御法度のこの店でなければ、どうなったかわからない。

「死にかけの猫でも見かけたか」

まさに図星。

俺は煙に憂鬱を包んで吐き出した。

俺が見たのは、薄い茶トラの子猫だった。ああいうのをカフェオレ色と言うらしい。俺のようにはっきりした縞々《しましま》ではなく、真夏の強い日差しの下なんかで見ると薄汚れた白猫にすら見える。生命力の弱さそのものといった色合いのガキは、泥だらけで、目やにだらけで、震えていた。鳴く元気もないほど弱っていた。

俺たち猫の繁殖のピークは春と秋だが、秋に生まれたガキは冬を越せないのが多い。生まれて半年以上経つガキと三ヶ月ほどのガキとじゃ、生きる力に差があって当然だ。それでも、俺たちは繁殖を繰り返す。

「ありゃこの冬は越せねぇな」

「気になるのか？」

俺は口元を緩めただけだった。

いい加減お節介が過ぎる。弱い者に対して感傷的になることが増えた。目やにだらけのガキや烏《からす》に襲われたガキ。怪我をして動けなくなった成猫。俺の中で何かが疼《うず》く。

「いちいち気にしてたら身がもたねぇよ。それよりお前、今日は景気がいいじゃねぇか」

タキシードが吸っているのは、プレミアムシガーと言われるキューバ産の『ニャンヒル』だった。放埒《ほうらつ》に振る舞う香りが、そいつが特別な存在だということを強く認識させる。

餌が不足しがちなこの季節に吸うまたたびとしては、贅沢《ぜいたく》な品に違いなかった。

「脱走した『おこめ』って名前のキジトラを捜してくれって、人間に頼まれたんだ。たっぷりとおやつを貰《もら》ったからな、十分に支払えた」

「チッ、上手くやったな」

猫好きの人間の間ではすでに『NNN』の存在は都市伝説として知れ渡っており、本気で信じる奴は時折大真面目に今のような頼みごとを俺たちにしてくる。正式に組織だって活動していないものの、頼まれれば聞いてやろうってのが猫 情《びょうじょう》ってもんだ。

特にふくめんは暗躍する組織なんて言葉に感化され、オイルを巻き込んで積極的に活動を行っている。

「ちょりーっす!」

その時、俺の憂鬱を吹き飛ばす能天気な声が乾いた風とともに店内に入ってきた。ふくめんとオイルだ。途中で鉢合わせしたらしい。二匹は俺たちに鼻の挨拶をしたあと、いつもの席に座った。

「やっぱりあれ、飼い猫かもしれない」

「だからほっとけって。俺たちに関係ないだろ?」

「オイルって冷たいっすよ」

二匹の話を聞いていると、どうやらここ数日、知らない猫が空き家の物置小屋の下に隠れているらしい。通ると目をまん丸にしてこちらをじっと見るという。

俺とタキシードは顔を見合わせた。

「おい、ふくめん。その猫ってのはキジトラか？」

「えっ、なんでわかるんっすか？」

こんな偶然あるだろうか。これはチャンスだ。俺が見かけた死にかけのガキがまだあの場所にいるなら、斡旋《あっせん》できるかもしれない。

「どうする、ちぎれ耳」

「どうするって……」

うずうずしていると、マスターが煮えきらない俺の猫背を押してくれる。

「お席はこのままにしておきます。どうぞ、行ってらしてください」

「助かる。行くぞタキシード」

「ふん、やっぱりそう来るか」

俺たちは灰皿にまたたびを置き、ガキを探しに出た。

動く力すら残っていないのか、俺が見たところからさほど離れていない場所にいた。北風に吹かれながら、さして風よけにならない草むらの中で蹲《うずくま》っている。

「ちぎれ耳、いたか？」

「ああ、なんとかな。かろうじて生きてる」

ミィ、と微かに鳴いた。ガリガリに痩せていて、全身毛羽立っている。乾いた風に今にも連れ去られそうだ。俺たち二匹が近づいても、怖がる余裕もないらしい。

「行くぞ、タキシード」

俺は子猫を咥《くわ》え、ふくめんが見たというキジトラのところへ向かった。

件の家は長いこと空き家になったままで、庭は雑草で覆われている。俺たちが到着すると、真っ黒の野良猫が物置小屋の下を覗《のぞ》いていた。

「よぉ、そこの姉ちゃん。何してるんだ～？」

去勢した牡猫だとわかっているだろうに、わざと絡んでいるのだ。

「そいつに用があるなら俺が聞くぞ」

「──っ！　すっ、すんませんっ」

俺たちを見たそいつは、尻尾を下に垂らして一目散に逃げていった。物置小屋の下を覗くとあいつらの言うとおり、まん丸の目が二つこちらを見ている。

「おい、あんた。大丈夫だったか？」

タキシードが話しかけても返事をしなかった。よほど怖かったらしい。

「おこめっていうんだろう？　家に帰りたいんじゃないのか？　送ってやるよ」

「……え。ほ、本当ですか？」

消え入りそうな声だが、ようやく返事をした。

「ああ。その代わりといっちゃなんだが、そいつも一緒に連れていってくれ」

子猫を咥えた俺を見て、おこめは固まった。こんな猫相の悪い俺が母猫のような真似をしているのが、不気味なのかもしれない。

俺はいったん子猫を地面に降ろした。

「ガキの命がお前にかかってる。飼い主に一緒に飼ってくれって頼むんだ。いいな？」

「は、はい」

「牡《おとこ》の約束だ。それじゃあ行くぞ」

半ば脅すように言い、再び子猫を咥えるとそいつの家に向かう。子猫は冷たく、消え入りそうな命を繋《つな》ぎたくて、途中で地面に降ろして毛繕いをしてやった。こうして刺激することで血の巡りもよくなる。もう少しだ。あと少しで暖かくしてもらえるからな。

家が見えてくると、おこめは尻尾を立てて庭に入った。

「たっ、ただいま！」

「おいおい、このガキも頼むぞ」

「あ、はいっ。そうでした！」

「いいか、あいつについていけ。わかったな」

子猫はよたよたとおこめの後ろを歩いていった。足取りがおぼつかなく、気が気でない。

「お母さん、ただいまーっ！　おかーさーんっ！」

飼い猫の声に気づいたらしく、家の中からバタバタと慌ただしい足音が聞こえた。女が窓から顔を出し、一度引っ込んだかと思うと玄関から出てくる。

『おこめっ！　おこめが帰ってきたよ！』

涙声が夜気を揺らした。飼い主と飼い猫の再会ってのは、いいもんだ。

『おこめぇ～、捜したのよ。よかった。ペット探偵に頼んだとこだったの。明日からチラシ配りする予定だったのに無駄になったじゃないの～』

そう言いながらも嬉《うれ》しそうだった。抱き上げ、くしゃくしゃに撫でくりまわして顔を埋める。おこめも嬉しそうだ。再会を喜ぶ一人と一匹の下で、子猫がミィ、と鳴く。

『……え、誰これ』

『どうした？』

『パパ、おこめが帰ってきたんだけど、おまけがついてる』

「一緒に飼って！　牡の約束なんだ。だからお願い！」

『おこめが一緒に飼ってって言ってる』

お見事。

まさか猫の言葉がわかるとは思っちゃいないが、自分の飼い猫が何を言わんとしているかは理解しているらしい。男におこめを渡すと、女はそろそろと子猫に手を伸ばした。

『本当にそう言ってるのか？』

『言ってるよねぇ、おこめ』

「うん、言ってるよっ！」

『ほら』

『何がほらだ』

震える子猫は、人間に抱かれて安心したようだ。温かい手の中でまどろんでいる。

『なぁ、そいつ死にかけてるんじゃないか？』

『大丈夫？　おちびちゃん。ああ、ほんとだ。体温が低い』

『ほっとくと死ぬな。早く温めたほうがいいぞ』

『え、飼っていいの？』

『しょうがないだろ。おこめも仲よくしたそうだし』

脱走した飼い猫が連れてきた猫なら、二匹目のハードルを越えやすい。わかっていたが、まさかこれほどスムーズに運ぶとは。

俺とタキシードは顔を見合わせ、ふっふっふっふっふ、と不敵な笑みを漏らした。

「さ。店に戻るか、タキシード」

「そうだな」

「何にやけてやがる」

「お前こそ」

「ふっふっふっ」

「くっくっくっ」

上手くいきすぎて怖いくらいだ。


「えーっ、斡旋したんっすか！　さすがっす！」

店に戻った俺たちは、気分よくまたたびの続きを楽しんだ。そうだ。自分を誤魔化したって仕方がない。肉球の間に挟まった汚れと同じだ。気にしながら放置しておくより、取り除いたほうがいいに決まっている。俺たち猫は綺麗《きれい》好きなんだ。

「またお節介かよ、おっさん」

オイルの揶揄《やゆ》も斡旋が成功した今は気にならなかった。好きなだけ言え。どうせ俺はお節介なおっさんだ。

「オイル〜、俺らも負けてらんないっすよ」

「別にいいだろ。これからどんどん寒くなるんだぜ？　自分のことで精一杯だよ」

「とかなんとか言って、何かあったら動いてくれるくせに」

若造二匹が盛り上がっていると、あんこ婆さんがもくもくと山火事のように煙を吐きながら言った。

「タキシード、あんたも前いた場所で似たようなことしてたんだろう？」

「どうしてそう思う？」

「慣れてそうだからさ」

「まぁ、何度かやったことはある」

そういえば、この付近に現れ始めた頃もこいつは子猫を斡旋した。ちょうど俺も子猫を運んでいる最中で、斡旋先が被ったっけ。

「タキシードさん、山での生活ってのはどんなだったんっすか？　餌が豊富だったたって聞いたことがあるっすよ」

「まぁな。餌はここより充実してた。そのぶん敵や危険も多いけどな」

こいつがここに来る前のことなんて、今まで聞いたことがなかった。ふいに現れ、いつの間にか常連となった。無理に聞き出そうとは思わなかったが、ふくめんがあまりに興味津々で聞くものだから、タキシードも話す気になったらしい。

「もうなくなったが、いいところだったよ」

またたびを深く吸い込むと、懐かしそうな目で語り出した。

タキシードが棲《す》み着いていた山は遊歩道が整備されていて、人間がよく散歩に来るような場所だった。麓には広場があり、野良猫たちの憩いの場になっている。

その近くに教会があった。定期的に人間が集まって何かしている。歌を歌ったり、黒い服を着た男が話すのをみんなで聞いたり。『神父様』と呼ばれる優男がここに集まる人間のボスらしいが、それにしてはまったく強そうじゃない。

若いタキシードには、それが不思議だった。

『神父様、また野良猫が入り込んでます』

『そっとしてあげてください。彼もイエス様のお近くが心地いいんだと思います』

『えー、猫がですか？』

『イエス様は魅力的なお方ですから、動物にも慕われるん……、――へーっくしゅ！』

『神父様、大丈夫ですか？　お風邪なら休まれたほうが』

『いいえ、単にくしゃみが出ただけです。埃《ほこり》吸っちゃったかな』

説教という神父の話を聞きに人間が集まってくるのは、長い椅子《いす》がたくさん並んでいる礼拝堂と呼ばれる場所で、タキシードにはいい休憩所になっていた。夏場はひんやりと冷たく、ステンドグラスという色のついた窓から差し込む光は優しい。

麓の広場のほうは猫目当ての人間が多く、触ろうとしたり写真を撮ろうとしたり、鬱陶しい。餌をくれる人間もいたが、山にはネズミなどの獲物が多かったため、喰《く》うに困ることはない。それよりものんびりと昼寝ができる教会のほうが好きだった。

『神父様っ、大変です！』

時折こんなふうに事件を運んでくる人間もいたが、タキシードの機嫌を損なうほどではない。

『どうかされました？』

『安田《やすだ》のお婆ちゃんがいなくなったって』

『そ、それは大変だ』

慌てて飛び出す神父を見送り、祭壇に飛び乗った。騒がしい物音が消え、静寂に包まれる。

神父たちが立ち去ったのをいいことに、前脚の肉球を舐《な》め、指の間の汚れをこそぎ、顔を洗い、耳の後ろも綺麗にした。尻尾も忘れない。そうやって悠々と毛繕いをしていると、外で神父が何やら慌てて走っている。

「相変わらず人間ってのは騒がしいな」

その時、礼拝堂の扉が開いた。現れたのは、手も顔もしわしわの老婆だ。出入り口のところで水の入った器に指をつけたあとよちよちと中に入ってくる。

『あら、猫ちゃん。また来てるのかい？』

人間もここまで歳を取ると、いい猫背になる。このくらい長生きした人間はあまりうるさくなく、隣にいても気にならなかった。猫に近づいているのかもしれない。

老婆は一番前の席にちょこんと座り、祭壇を見上げた。タキシードの毛繕いを眺め、あくびをしてから、まどろみ始める。

しばらくすると、神父が姿を現した。

『安田のお婆ちゃん。よかった。ここにいらしたんですね。あ、猫も一緒……、――へーっくしゅ！　す、すみません。黙って来たらご家族が心配されますよ』

『神父様。ミサはまだですか？』

『あ、えーっと、そうか。ミサに来られたんですね。ちょっと準備が遅れていて、このまま待っていてください』

神父は礼拝堂を出たが、今日はミサが行われる日でないとタキシードは知っていた。日曜ならここに大勢が集まるはずだ。けれども、神父は老婆の言うことを否定せず、白い服を被って戻ってくると祭壇の前に立つ。

『では、これよりミサを始めます』

神父は歌を歌い、聖書を読み、説教をした。最後に、白くて薄い何かを老婆に食べさせる。タキシードが興味を示すと笑って差し出してくれたが、食欲をそそる匂いはしない。

ぷいと顔を逸らすと同時に、神父はまたくしゃみをした。

たった一人の信徒のために行われたミサは、なぜか心地いい時間としてタキシードの記憶に刻まれている。

また、別の日には教会の敷地内で何やら大きな音を立てて木箱のようなものを作っているのに遭遇した。コンッ、コンッ、コンッ、と木材の音を響かせているが、どうやら小気味いい響きほど作業は進んでいないらしい。

『あいたーっ！』

自分で自分の指を打ちつけた神父のもとへ、頭にタオルを巻いた男がやってきた。

『おい、へっぽこ！　そんなへっぴり腰じゃいつまで経っても完成しねぇぞ！』

『神父様にそんなこと言うもんじゃないよ。イケメン相手だとすぐ当たりが強くなるんだから』

近くにいた中年の女が立ち上がって男を叱《しか》りつける。だが、男は怯《ひる》まない。

『へっぽこにへっぽこって言って何が悪い。金槌《かなづち》一つろくに使えないんだぞ』

『そうですね。僕は何をやっても不器用で失敗ばかりで、神父としても半人前で』

『ほらほら、神父様が落ち込まれただろう。こんなに私らのことを考えてくださる方はそういないっていうのに』

『な、なんだよ、俺が悪いってのか』

男がたじろぐと、ここぞとばかりに神父が身を乗り出す。

『いいえいいえ、悪いとは言ってません。事実を口にされただけですから。そこで相談なんですが、へっぽこの僕に鳥の巣箱を作るのは難しいので、作ってもらえませんか？　あとでお茶をご馳走《ちそう》しますから』

図々しくお願いする神父に、男は毒気を抜かれた顔になり、『わっはっは！』と、大声で笑った。

『こりゃ一本取られたな。わーったよ、作ってやるよ！　ったく、人使い荒ぇんだから』

教会に集まる誰もが笑顔だった。だから居心地がいいのかもしれない。野良猫がいても、誰も気にしない。シッシ、と不快な音を立てながら追い払おうとする人間もいない。そして、みんな神父に親しそうに話しかけるが、いざ説教が始まると静かに彼の話に耳を傾けていた。『へっぽこ』なんて悪態をついていた男が、涙目になっていたこともある。

何を言っているのかタキシードにはさっぱりわからなかったが、厳かな雰囲気で満たされた礼拝堂は居心地がよかった。いつもうるさい人間どもが静かになるのだから、神父の言葉には何か力があるのだろう。

いつしか、タキシードは礼拝堂に人が集まっている時は潜り込むようになった。ミサが終わっても、しばらくそこで過ごす。

『おや、また来てるのかい？　礼拝堂が好きなんだね。イエス様は心の広いお方だけど、お前がそうやって泥だらけの脚でのぼるからすぐに汚れてしまう。できれば……、――へーっくしょん！』

タキシードは目を開けて神父を見たが、頼みを聞く気などサラサラなくまた目を閉じた。けれども、耳だけは神父のほうに向けている。完全に信用したわけではない。

『そんなに好きなら、イエス様の話でも聞いていくかい？』

そんなものには興味はなかったが、神父がしゃべり始めると、なぜか眠くなってきてそのまま昼寝を始めた。

時折聞こえるくしゃみの音が、より深い眠りへと誘った。

「猫アレルギー？」

初めて聞く言葉に、俺はまたたびを運ぶ前脚をとめた。タキシードを見ると、口の隙間から紫煙を漏らしながら懐かしそうに笑っている。

「そうだ。猫アレルギーだったんだ」

「なんっすか、それ」

ふくめんが身を乗り出した。オイルは興味なさげにしているが、耳がこちらを向いている。相変わらず素直じゃない。

「猫に触ったり近づいたりすると、くしゃみや涙が出る体質のことだ。まったく、失礼な話だ。俺はそんなに汚れちゃいなかったぞ」

タキシードはそう言いながらも楽しそうだった。いい思い出には違いなさそうだ。こいつに人間とのそんな交流があったなんて意外だが、こんな俺ですら、婆ちゃんのような存在がいるのだ。一人くらい心を通わせた相手がいても不思議ではない。

「俺に近づくといつもくしゃみをするんだ。だから面白くてな、わざと奴の目の前で耳の後ろを掻《か》いたりしてやった」

クックックク、と思い出し笑いをするタキシードは、どこか子供っぽくもあった。若造だった頃の思い出は、俺たちが重ねた時間を巻き戻すのかもしれない。

「斡旋をするきっかけも、神父の反応が面白かったからなんだよなぁ」

カラン、とドアが開いて冷たい風が後ろ脚を舐めた。寒々とした空気に振り返ると、一見の客がボックス席に座るところだった。喧嘩御法度さえ守ればこの店は誰だって歓迎する。

タキシードが言うには、教会って場所も同じらしい。誰でも足を運ぶことができ、誰にでも扉は開かれている。それは、薄汚れた野良猫も同じだった。

顔をこわばらせる神父の向こうに、爽やかな秋の空が広がっていた。ピチピチと響く小鳥のさえずりが、どこか滑稽に感じる。

『えっと……お前、それ食べる気か？』

子猫を咥えたタキシードに、神父は恐る恐るそう聞いてきた。

もちろん喰うつもりなどなく、この神父に見せたらどんな反応をするだろうと思って連れてきただけだった。当時は斡旋などしたことがなく、持て余していた。ただ、放置すれば羽の生えた黒くてうるさい連中が連れていく。

タキシードがいた山でも、烏は猫にとって煩わしい存在で、そんな奴らに奪われると思うと癪《しゃく》だったのだ。

『僕のお昼と交換するってのはどうだい？　ほら、ちょうどここにツナサンドがある。これを君のお昼にすれば腹は満たされるよ』

慎重に窺《うかが》う神父の表情がおかしくて、取引に乗った。子猫を神父の前に置くと慌てて子猫を拾い上げ、タキシードから護るように自分の腕に抱く。

『ありがとう。ほら、お腹が空いてるなら食べ……、——へーっくしゅ！』

取引したはいいが、扱いに戸惑っているのが手に取るようにわかった。子猫を抱いたまま辺りをウロウロし、ぶつぶつ独り言を漏らす。

『わっ、っと、どうしよう。えっと……信徒さんで猫飼ってる人いたな』

へーっくしゅ、とまたくしゃみをし、神父は子猫を連れて礼拝堂を出ていった。姿が見えなくなっても、外からはくしゃみが聞こえる。

原因はそいつだぞ。

そんなにしてまでなぜ助けるのかと不思議だった。だが、これで肩の荷が下りた。乳の出ないタキシードに育てられるはずがない。かといって一度助けた子猫を捨てるのも憚《はばか》られる。神父はいいカモだった。

それからタキシードは、神父が子猫をちゃんと世話しているか時々様子を見に行った。窓から覗くと、悪戦苦闘している。しかも、あんな小さな猫にすらアレルギーを発症するのだ。くしゃみをしながらミルクを与えるのは大変そうだが、それでも神父は楽しそうで、命を慈しむ目を見ていると気分がよかった。

「ま、信用できる奴ではあるな」

その姿を見て笑い、山へと帰っていく日々は穏やかに繰り返される。

子猫はすくすくと成長し、日曜に教会に来ていた信徒が飼いたいと申し出て連れて帰った。神父はホッと胸を撫《な》で下ろしていたようだが、そうは問屋が卸さないとばかりに、タキシードは何度か子猫を教会へ連れていった。

斡旋しようなどと大それたことを考えていたわけじゃない。ただ、神父がくしゃみをしながら世話をするのが面白かっただけだ。痒《かゆ》みも出るらしく、目の縁を赤くしながら奮闘している。子猫を連れていった時の顔も面白かった。またか、と一瞬固まるが、子猫のかわいさにでれっとしてから、現実に気づいて飼い主を探す責任感に顔を引き締める。クルクルと表情の変わる男だ。

こうして神父との交流は続いたが、そんなある日、タキシードは新しく山に来た牡猫と凄絶な喧嘩をした。若いが、喧嘩慣れした大きな猫だった。その時ほど、危機感を抱いたことはなかった。

太い脚。強い顎。鋭い爪。発達した筋肉。

どれを取ってもこれまで喧嘩した相手とは違う。対峙《たいじ》した瞬間に覚悟した。今回ばかりは自分のテリトリーを譲り渡さなければならないかもしれない、と。

当然大怪我を負った。タキシードも自分以上に相手にダメージを負わせ、なんとか自分の居場所を死守できた。けれども冬場だったこともあり、タキシードは日に日に体力を奪われていった。

顎の怪我がひどく、獲物にかぶりつく力もない。顎がおかしなことになっている。

神父のもとへ向かった。なぜだかわからない。助けてもらおうと思ったわけじゃなかった。ただ、心地よい静かな場所を求めていたのかもしれない。

礼拝堂の扉は開いていた。

いつしか神父は、猫一匹が通れるようにしていたのだった。タキシードのために、寒さから逃れる場所を用意してくれていたのかもしれない。

降り始めた雪に沈む礼拝堂には誰の姿もなく、静寂が寄り添ってくれた。死が迫ってきたらここを出るつもりだったが、諦めるには早い。

自分を連れていこうとする鋭い爪の死神と対峙するように、身動きをせず躰《からだ》が自然に回復するのを待つ。自分の生命力を信じて。

どのくらいそうしていただろうか。ふと、人の気配を感じた。

祭壇の上で蹲ることしかできなかったタキシードを見つけたのは、神父だった。

『お前、喧嘩したのか？』

目を開ける気力すらなかったが、心配そうな声の直後に聞こえたくしゃみに耳をピクリとさせる。すっかり耳に馴染《なじ》んだ神父のくしゃみは、心地よかった。破裂音が苦手な猫にとって、人間のくしゃみも不快な音だというのに不思議なこともあるものだ。

『野良猫も大変だな、タキシード猫』

毛布を被せられ、水の入った器を目の前に置かれる。

『だってタキシードを着ているみたいな柄だから……。何か食べるものを買ってこよう。すぐに戻ってくるから待ってるんだよ。キャットフードの缶詰なら食べるかな』

神父が立ち去るとタキシードはよろよろと起き上がり、水を飲んで再び横になった。ただの水だが、美味しかった。こうして差し出されるのは、初めてだった。

そしてその時気づいた。

それまで人間の助けなど期待したことはなかったのに、神父の運んでくるキャットフードを待っている自分に……。


「勝手にタキシードなんて名前をつけたのも神父だ」

誰もが話に聞き入っていた。凶悪な顔のくせに奴の口調は穏やかで、それだけにどんな関係だったのかわかる。

「俺の顎が曲がったままなのは、病院を拒んだからだ。キンタマ獲られちゃたまらないからな。俺の気持ちを尊重してくれたんだろう」

「いい奴だな」

「あいつのくしゃみが耳にこびりついてる。ずっと看病してくれたんだろうな」

タキシードの話によると、教会は山が崩されて宅地になる時に別の場所に移されたらしい。そこがどこなのかはわからない。

「うぅっ、タキシードさん、いい話だったっす。俺、そんなふうに優しくしてくれた人間はいないから、羨ましいっす」

「何泣いてんだよ。人間なんて上手く利用するだけだぜ?」

「でも、神父様って人みたいな人間も確かにいるんすよね」

しみじみと漏らすふくめんに、あんこ婆さんが穏やかな口調で言う。

「千香《ちか》ちゃんもその一人さ。あたしもね、信用できる人間はいると思ってるよ。出会えるかどうかは運次第だけどね」

「そうっすよ。あ、そうだ。オイル、からあげの兄ちゃんは?」

「馬鹿言え。あいつは気まぐれだよ。俺たちの間にそんな信頼関係なんてなかった」

自動車修理工場でよくオイルにからあげをくれた人間は、今はいないらしい。随分いい思いをさせてもらったようで、しばらくは餌探しに苦労していた。表には出さないが、オイルの野郎もそいつと多少なりとも交流があっただろう。

人間の気まぐれは時として俺たちの命を救い、俺たちに思い出というほろ苦い宝物を残すこともある。

一度覚えちまった優しさは、いつまでも心の奥底で息をしているのかもしれない。

タキシードの話は、ふくめんの口から嬢ちゃんへと伝わった。俺が久し振りに顔を見に行くと、尻尾を立てて網戸の向こうから「おじちゃま！」と俺を呼ぶ。澄んだまっすぐな瞳が眩《まぶ》しい。

素っ裸の街路樹があんなに寒そうにしているのに、嬢ちゃんの飼い主が今日も掃きだし窓を少しだけ開けていた。

「おじちゃま！　早く来てっ、おじちゃまっ！」

「どうした？　何をそんなに慌ててる？」

「顎のおじちゃまのお話、ふくめんちゃんから聞いたの！」

窓の隙間から漏れてくる暖かい空気を鼻先に感じた。ほんの少しだが、俺たち野良猫にとってありがたい。そこに座って毛繕いを始める。

「それでね、新しい教会がどこにできたのか、わかるかもしれないのっ！」

「なんだって？」

前脚を舐めていた俺は、舌を出したまま嬢ちゃんを見た。興奮してヒゲが前にピンと張り出しているのは、単にタキシードの話に感動したからじゃないようだ。

「かなちゃんのお母さんが、教会でバザーがあるけど行ってみないかって話してたの。チラシがポストに入ってたんだって。ほら、冷蔵庫に貼ってあるわ。見える？　あんこお婆ちゃんなら読めるかもしれない」

「嬢ちゃん、でかしたぞ！」

俺は急いであんこ婆さんを呼びに行った。事情を話すと「よっこらせ」と言って立ち上がる。面倒臭そうにしながらも、律義に来てくれるのはこの婆さんのいいところだ。猫使《ねこづか》いが荒いだの文句を言いながらも、危険な大通りを渡って嬢ちゃんのいる住宅街までやってくる。

「あ、あんこお婆ちゃん！」

「久し振りだねぇ、元気にしてそうだね。かわいがられてるかい？」

「ええ、とっても！　それよりねぇ、見て見て。あそこのチラシなの！」

あんこ婆さんは網戸に貼りつくように中を覗いた。気持ちが急いているのか、嬢ちゃんの尻尾が忙しなく動いている。

「ね、あんこお婆ちゃん読める？」

「えーっと、何なに？　おそらくバザーは今度の土曜日だね。チラシの横のカレンダーに丸がしてある。バザーって書き込んでるよ」

「場所はわかるか？」

「慌てるんじゃないよ、ちぎれの小僧。どれどれ……っと、遠くて見えにくいね。えー……っと、地図が描いてあるよ。あれがあそこの道だろ？　で、多分あの印が……」

地図まで読めるとは、頼りになる婆さんだ。さすがに難しかったらしく、時間はかかったが、大体の場所はわかった。少し距離はあるが、俺たち猫の脚でもなんとか行けそうだ。

その夜、俺は店でタキシードを待った。奴が現れるとすぐに教える。

「なんだと？」

まさか教会の移転先がわかるとは思っていなかったようで、奴は言葉を失った。目の前に突然魚の丸焼きが出現した気分だろう。予想もしなかった幸運ってのは信じがたく、すぐにかぶりつくには勇気がいる。

だが、現実だ。空腹が見せる幻覚ではない。

「みんなには黙っておいてやるよ。嬢ちゃんにもそう言っておいた。お前がこっそり神父の様子を見に行ったって、俺はいいと思うぞ」

タキシードはすぐに返事をしなかった。いいから行くと言え。言葉にすると逆効果な気がして、心の中でせっつく。視線が合った。奴の心が決まったのがわかる。

二匹揃《そろ》ってマスターを見ると、白々しく言い放つ。

「私は何も聞いておりません」

「そうだな。明日狩りが成功したら行ってみるか。せっかくのお節介を無駄にしちゃあ悪いしな」

ニヤリと笑う顎はやっぱり曲がっていて、こいつの猫相をより凶悪にしていた。心を許した人間に再会できるのが、そんなに嬉しいのか。

俺は会いたい人にはもう会えないが、気分がいい。

だが、数日後。公園にいるタキシードを見た時、そこに神父との再会を果たした喜びは浮かんでなかった。ぼんやりとして、心ここにあらずだ。事情を知らないオイルたちもその異変には気づくくらいで、首を傾げている。

雀《すずめ》が目の前で地面をついばんでも、反応しない。絶好のチャンスだってのに。

「なぁ、おっさん。あれどうしたんだ？」

「なんか様子がおかしいっすよ」

会えなかったのだろうか。新しくできた教会には、辿《たど》りつけなかったのだろうか。俺たちが声をかけようかどうしようか迷っていると、どこから見ていたのか、あんこ婆さんがタキシードに近づく。

「神父ってのには会えたのかい？」

それを聞くか。

あまりに単刀直入で驚いたが、回りくどい聞き方をしても同じだ。俺たちもタキシードのところに集まる。

「会えなかった」

「教会には辿りつけなかったのかい？　地図の見方が間違ってたんなら……」

「いいや、教会は見つけた」

声に覇気がなく、舞い始めた粉雪みたいにふわふわした口調だった。奴がこんなふうになるなんてよほどのことだ。

「大きな病院に入院してるらしいんだ。人間が話してるのを聞いた。夏くらいから、ずっと不在なんだと。今は別の神父がいる」

誰も何も言えなかった。木枯らしが吹き、枯れ葉がカサカサと音を立てて地面を撫でていく。乾いた風は、鼻鏡の水分も容赦なく奪っていった。寒さに色を奪われたような季節は、これからますます俺たちに過酷な試練を与えるだろう。

いずれは植物が芽吹き、世界は色鮮やかに再生してみせるとわかっていても、今はそんな時が来るのが信じられない。

「この顎の怪我以来、あいつは俺がちゃんと生きてるか確認してるみたいだった」

思い出を口にするタキシードは、懐かしそうだった。そして、後悔も感じた。

今まで何をしていたんだと……。

「べったりした関係じゃなかったが、『ああ、今日もいるな』ってな、目が合うと互いにそんなことを思ってるのがわかるんだ。それが心地よくてな」

適度な距離を保てる人間ってのは、いいもんだ。俺たちを尊重してくれる。

「入院先は知ってるのか？」

「この辺りで一番大きな病院だそうだ。春になると敷地の桜が満開になるから、神父様も喜ぶだろうって話してた」

つまり、すぐには退院しないってことだ。そんなに悪いのだろうか。

「桜の木がたくさんある大きな病院ならわかるよ。千香ちゃんのお母さんも通ってたことがあってね、有名なとこさ」

あんこ婆さんによると、俺たち猫でも歩いていける距離のようだ。しかも、ほぼ一本道で迷うこともないらしい。

「思ったより近いじゃねぇか。だったら……」

「猫が行ってどうする？」

言い返せなかった。病院に行っても俺たち猫は中に入れないだろうし、神父がどこにいるのかもわからない。大きな病院だとなおさら見つけるのは難しいだろう。

必ず会える保証はない。会えたとしても、おそらく時間がかかる。すぐには戻ってこられない。

「俺が会いに行ったら、またくしゃみするだろうな」

穏やかな目が印象的だった。

どうしても会わせてやりたくなった。

会えるかもしれないという期待を抱かせた責任もある。俺が余計なことをしなければ、神父の入院を知らないままでいられた。奴があんな顔をする必要もなかった。

ああ、そうだ。俺はとんでもないお節介野郎だ。

なんとかできないかと思っていたが、俺が動くまでもなく奴は自分から行動を起こした。

「ちょっと行ってくる」

住宅街に入る道でタキシードの姿を見て声をかけた俺に放たれたのは、そんな言葉だった。まるでちょっと見回りに行ってくる、って程度の軽い口調だ。

塀の上を歩いていく後ろ姿を見送りながら、奴の覚悟を感じていた。

テリトリーを長い間離れることが、どれだけ危険なのか痛いほどわかっている。帰ってきたら、他の牡が自分の縄張りを奪っていたなんてことになりかねない。いったん手放した縄張りを取り返すには、覚悟が必要だ。寒さが増すこの時期に、大きな怪我を負えば命に関わる。それでも奴は行くと決めたのだ。

たまらず、俺も塀に飛び乗って奴のあとに続いた。

「俺も行く」

「お前が来てどうする」

「行きてぇんだよ。その神父って奴の顔も見てみたいしな」

あんこ婆さんに教わったとおり、大きな道沿いを延々と歩いていく。車がやたらと幅をきかせていて、かなり危険だ。奴らは猫どころか人間すら蹴散らす勢いで走っている。

どのくらい歩いただろうか。俺は自分の甘さを思い知った。冷えたアスファルトが肉球に染みる。土の地面とは違い、人間が整備した道ってのは極端だ。

暑い時は熱く、寒い時は冷たい。そこを長い時間歩いていると、脚も疲れてくる。肉球が少し痺《しび》れてきた。

「本当にまっすぐでいいんだろうな」

「ああ、お前は帰っていいぞ。疲れたんだろう？」

「誰がそんなこと言った」

さらに無言で歩いた。

目的の場所に到着しても、目的を達成できるかわからない。それが、この道のりをより過酷なものにしていた。俺たち外で暮らす猫にとって、無駄骨ってのはこたえる。躰にも心にも、大きなダメージを受ける。

だが、無言で歩くタキシードを見ていると、途中で戻る気にはなれなかった。

さらに行くと、ふいに大きな桜の木が目に飛び込んできた。あれだ。今は素っ裸だが、道路にまで迫り出した枝は、春になれば見る者の視界を淡いピンク色に染めるだろう。俺たちは歩調を速めた。

群衆のように桜の木が生えた敷地に入っていくと、奥に大きな建物がある。その出入り口に人間の姿があった。

『あ、猫！』

中から出てきた子供が、俺たちを指差す。

「ここが病院だよな。このどこかにいるんだろうな」

「ああ、つき合ってくれて悪いな」

「何しおらしいこと言ってんだ。俺は自分の好奇心に従っただけだよ」

さらに奥へと入っていくと、建物に囲まれた広場のようなところに出た。ところどころベンチが置いてあり、俺たちがよく昼寝をする公園に似ている。

タキシードは広場の中央に座った。たくさんの窓に見下ろされる。神父がこのどこかにいるかもしれない。けれども建物は他にもあって、ここにいればいつか気づいてくれるなんてのは、ただの妄想でしかないとも思う。

あまりにも数が多い。こんなんで会えるはずがない。そう思い知っただけだった。

「ちぎれ耳、お前は帰れ」

「なんでだ」

「会えるはずがない」

「お前はどうするんだ？」

「ま、気が向いたら戻るさ」

今が冬でなければ、この自然に囲まれた場所でトカゲやバッタを捕りながら神父と偶然出会えるのを待つこともできるだろう。だが、どこを探しても餌になるようなものはなく、寂しさだけが漂っていた。こんなところにずっといたら、命すら危ういかもしれない。

けれども、ここで待ちたいなら俺がとめるのも野暮ってもんだ。

いつまでもいたらいい。

「そうだな。俺は帰るよ」

俺は来た道を戻っていった。一度振り返ると、香箱を組んで蹲る奴の躰が目に飛び込んでくる。だだっ広い場所で、それは小さく見えた。


タキシードは何日も帰らなかった。今も病院の敷地にいるのだろう。店に来ると歪んだ顎をした大きな顔のあいつがいたものだが、席はずっと空いたままになっている。

「タキシードさん、もう帰ってこないつもりっすかね？」

ふくめんが寂しそうにまたたびを吸っていた。元気の塊みたいな奴が尻尾を垂らし、猫背をより深く曲げて座っていると、こっちまで気が滅入ってくる。

「神父に会えたら戻ってくるさ」

そう言いながらも、俺はまたたびを持ったままじっとそれを睨《にら》んでいた。肉球で表面の凹凸を撫でる。

火をつける前から仄《ほの》かに香るそれは、ボディに貯えた力をいつ解放してくれるのかと心待ちにしている。それなのに、俺はいつまでも眠らせたままにしていた。

タキシードはマスターのまたたびも吸わず、長いことあの場所で出会えるかわからない神父を待ち続けるのだろうか。

「戻ってこないって思ったほうがいいかもしれないぜ?」

「えーっ、そんな……寂しいっすよ」

「お前は理想ばっか描くから落胆するんだよ」

今回ばかりは、生意気なオイルに同意した。いつまでもしょぼくれているふくめんに、トドメを刺す。

「甘ったれたことを抜かすな」

「ちぎれ耳さんまで……」

タキシードだけじゃない。店の常連だった奴の中には、この土地を去った者もいる。俺の隣にいつも座っていた片目のあいつもだ。常連になると思ったのに、結局ここに棲み着かなかった奴もいる。たくさんの猫。いや、猫だけじゃなかった。

何度も別れを経験していると、さよならに耐性がつきそうなものだが、逆だ。重ねるほど、それはほろ苦く心に浸透する。年月を重ねてそれは消えない染みとなって俺の心に居座り続けるのだ。

その時、カランッ、とカウベルが鳴った。誰か入ってきたのかと思ったが、風でドアが一瞬開いただけだった。誰かが立ち去ったあとのような寂しさすら感じて、タキシードは本当に戻ってこないかもしれないなんて気持ちになった。

「神父って人、もう病院から戻ってるんじゃないっすかね？　だったら、いくら待っても同じっすよ」

ふくめんは本気でそう思っているようだった。翌日、わざわざ教会まで様子を見に行ったというのだから、甘ったれもいいところだ。甘ったれで、根性がある。

しかし神父は退院していないらしく、その話を聞いた俺は、痺れを切らしてもう一度病院に行ってみることにした。

あの距離をまた歩くのかと自分に問いながらも、なぜか脚はそちらに向く。

「俺は猫だ。自分がやりたいことをやってるだけだ」

一匹で歩く病院までの道のりは、前回よりも長く感じた。途中、人間がたむろしているところでからあげを貰う。揃いの服を着た若い兄ちゃんたちは気前がよく、腹いっぱいになるまで喰わせてくれた。

ほらみろ。気まぐれが遭遇させてくれる幸運を俺は期待していたんだ。

病院に辿りつくと、丸裸になった桜の木々の間を歩き、中庭に向かった。まさか今もそこにいるわけがない、別の場所で寒さをしのいでいるだろうと思っていたが、中央には香箱を組んだタキシードがいる。あんなに目立つところに一匹だけでいるなんてめずらしい。俺たちは狭いところが好きで、だだっ広いところは落ち着かない。

俺が近づいていくと気づいたらしく、耳だけをピクリとこちらに向けた。

「タキシード、まだいたのか」

「ちぎれ耳か。お前もまたここまで歩いてくるなんて、酔狂な奴だな」

奴は少し痩せていた。毛並みも荒れていて、ここ何日かいい餌にありついていないとわかる。それでも離れられないのだろう。

「飯喰ってるか？　俺はさっきからあげを貰ったぞ」

「獲物はいないが、時々人間が喰い物持ってくる。俺は噂《うわさ》になってるらしい」

奴は不敵に笑った。

どうやらいつもここにポツンといる猫に興味をそそられるようだ。人間曰《いわ》く、大海原に浮かぶ船のようで面白いのだという。

「噂になれば、神父の耳に届く。あいつは動物が好きだから見に来るかもしれない」

「考えたな」

俺も奴の隣で香箱を組んだ。風を遮るものがないため、寒い。こいつはここに長い間こうしているのだ。心底呆《あき》れる。

歪んだ顎のくせに、一途じゃねぇか。

「寒いな」

「いいから帰れ。いつまでも俺につき合う必要はない」

「まぁ、暇だからな」

俺たちは人間の気を引くべく、広場の中央でじっと寒さに耐えていた。時折窓から人間がこちらを見ていく。二匹に増えて面白がっているような反応もあった。さらに噂が広まれば、それだけ神父の耳にも届くってもんだ。

しかし、本当に寒い。残った耳の先がちぎれそうだ。

「タキシード。お前、よくこんなところに何日もいられるな」

「夜は移動する。さすがに寒いからな。桜の木のところにいい穴ぐらがあった」

「へぇ。そりゃいい。俺も今夜泊まっていくかな。他に穴ぐらはあるのか」

「ない。あそこは俺の場所だ。一緒に寝てやらないぞ」

「こっちがお断りだ」

寒さを紛らわすために話していると、人間の声が聞こえた。こちらに向かってくる。

「飯かな。時々喰い物を持ってきてくれるガキがいてな。あのガキが毎日来てくれるなら、俺も楽になるんだが。お前も喰ってくか？」

「さっき喰ったって言っただろうが。お前の獲物を横取りするつもりはねぇよ」

人間の姿が見えてくると、タキシードは鼻をピクピクさせて立ち上がった。

「やっぱり飯か？」

タキシードの返事はなかった。もう一度人間のほうを見たが、白っぽい服を着た男がタイヤのついた椅子に乗ってやってくる。

「なぁ、タキシード。神父ってのは黒い服を着てるんじゃねぇのか？」

「そうだ」

おかしな話だ。タキシードの目は男だけを捉えている。獲物を見つけた時のように、一心に、まっすぐに。あれが神父のはずは――。

『タキシード！　やっぱりタキシードだ！』

奴の耳がピクリと反応した。ヒゲをピンと前に出し、神経を集中させている。

嬉しそうに頬を染める男は、随分と瘦せていた。野良猫みたいに髪も艶がない。こいつの話によると、信徒に慕われる優男のはずだが。

『患者さんの間でお前のことが噂になってたから、見に来たんだ。タキシードを着たような柄の猫が棲み着いてるって。まさかお前にまた会えるなんて！』

神父のテンションに比べてタキシードの落ち着いたことといったら。いや、落ち着いているのとは違う。

目は見開かれたまま、嬉しそうにこちらに向かってくる神父だけをじっと見ている。おそらく他の景色は何一つ奴の目には入っていないだろう。入っていても、認識していないだろう。

この表情を俺は知っている。

かつて俺の横でまたたびを吸っていたあいつが飼い主だった女と再会した時、嬢ちゃんが飼い主だったゆみちゃんに迎えに来てもらった時、マスターがずっと待っていた人のひ孫と出会った時、みんな今のタキシードのような顔をしていた。

かけがえのない相手がいる猫にしかできない表情だ。

『山が崩されてから、どこに行ったんだろうって心配してたんだ。――へーっくしゅ！』

大きなくしゃみは寒さのせいではない。タキシードに手を伸ばすと、またくしゃみが出た。目が赤くて痒そうだ。

『あー、駄目だ。やっぱり出る……、――へーっくしゅ！』

神父は車のついた椅子を器用に操ってクルクル円を描くように走った。新鮮な空気を取り込もうというのだろう。ちょっとテンションが高すぎやしないか？　だが、それだけタキシードを気にかけていた証拠でもある。

『ああ、嬉しいなぁ。お前に会えるなんて……ほんと嬉しいなぁ』

くしゃみが落ち着くと、今度こそとばかりにタキシードに近づく。

『久し振りだな。元気にしてたかい？』

「ああ」

返事をしただけなのに、満面の笑みを浮かべた。こんなに好かれれば、相手が人間でも気分がいいだろう。こいつがいつまでもここで粘っていた理由が少しわかった。

『そうかそうか、元気だったか』

「あんたは随分痩せたじゃないか」

『もしかしてお見舞いに来てくれたのかい？　だったらおいで。お見舞いついでに、膝に乗ってくれたっていいだろう？』

催促する神父の表情は期待に満ちていた。あんなにキラキラした目の人間は、滅多に見ない。あけすけに好意をぶつけてくるなんて、こっちが恥ずかしくなるくらいだ。

『やっぱり駄目かなぁ、野良猫だもんなぁ。教会に来てた時も、怪我してる時以外は絶対に触らせてくれなかったしなぁ』

「乗ってやれ」

「仕方ないな。世話になった恩返しもまだだしな」

タキシードはそう言うと、神父の膝に前脚を乗せた。

『え、ちょっと本当？　乗ってくれるのかい？』

「乗らないほうがいいのか?」

タキシードが前脚を地面に戻すと慌てた顔をする。

『あーっ、ごめんごめん。いいんだ、乗っていいんだよ。ねぇ、おいで』

まるで繁殖時期の俺たちが牝《おんな》のご機嫌を伺うような態度だ。相手の機嫌を損ねないよう、必死になっている。こんな顎の歪んだオヤジ猫になぜそこまでする。

タキシードは仕方ないとばかりに乗っても大丈夫かもう一度確かめ、後ろ脚で地面を蹴った。

『うわ、重い! ——へーっくしゅ! やっぱりお前って体格……、——へーっくしゅ、へっくしゅ! へ、へ、へっくしゅ!』

立て続けにくしゃみをするのを見て、気の毒になってきた。あんなに好きなのに、近づくとアレルギー反応が起きる。

そこまでして膝に乗せたいのか。けったいな奴だ。

『そっちのは恋人かな? もしかしてこんな遠くに来たのは、恋人を探して旅でもしてたのかい?』

馬鹿言え。どこをどう見たら俺が牝に見えるんだ。

俺が不満めいた視線を送ると、神父は身を乗り出して俺の尻を覗き込んだ。普段ならそう簡単に尻の穴を見せはしないが、今日は特別だ。確認しやすいように尻尾を上げる。

見ろ、俺の立派なキンタマを。

『あ、牡《おす》だった。なんだ、お前の彼女だと思ったのに、――へーっくしゅ！』

「こんな厳つい牝がいるか」

タキシードも呆れ顔だ。

神父は嬉しそうに奴を見下ろした。時折くしゃみをしながら、それでもこの時間が幸せだとばかりに目を閉じ、また開けてはくしゃみをし、背中を撫で、またくしゃみをする。

その時、白い服を着た女が慌てた様子で駆けてきた。

『何されてるんです？　こんな寒いところに出てきたら風邪をひきますよ』

タキシードが膝から飛び降りると、神父は残念そうな顔をする。

『どこに行かれたかと思ったら……』

『すみません、知り合いの猫がいたんです』

『ああ、患者さんたちの間で噂になってる猫ですね。知ってる猫だったんですか？』

『はいっ。こいつには何度も子猫の世話をさせられました。もうほんとに大変で』

『じゃあお見舞いに来てくれたんですかね』

『え、そうかな？　そう思います？　だったら嬉しいなぁ』

見舞いに来てもらったことがそんなに嬉しいのか。だらしない顔だ。

『そろそろ戻りましょう。病室まで送ります』

『えー、もう少し』

『駄目です。ここは寒すぎます。また体調を崩しますよ』

明らかにがっかりした神父の顔がおかしかった。いい大人だってのに、猫一匹にそうクルクルと表情を変えるなんて、俺はあんたのこと結構好きだぞ。

『じゃあな、タキシード。実は来週退院することになったんだ。また教会に遊びに来ないか？　キャットフード用意して待ってるから。新しい教会の場所はね……』

有無を言わさず車椅子を押す彼女に連れていかれながらも、神父は必死でそれを伝えようと身を乗り出して俺たちを振り返った。途中、叱られて前を向いたが、名残惜しそうにもう一度振り返る。

広い敷地に響き渡るほど大きな声で必死に伝えようとする神父に、タキシードはふと笑みを漏らした。

「知ってるよ」

神父の姿が見えなくなっても、奴はしばらくそこに座っていた。能天気な声の余韻を味わうように。

「今度は新しい教会か。まったく、我が儘《まま》な神父だな」

タキシードはそう言って踵《きびす》を返した。長い道のりを歩き出す。

虫みたいな雪が舞い始めた。あの場所から動かなかったタキシードがねぐらへ帰るのを確かめるように。なぜかわからないが、ふわふわと風に乗って自由に飛ぶそれと、さっきの神父の姿が重なった。

再会を喜び、クルクルとタイヤのついた椅子で回りながらくしゃみをした神父は、踊っているみたいだった。

「そういや、お前のテリトリーを知らない野良猫が歩いてたぞ」

「ふん、すぐに追い出すさ」

太い前脚の肉球を舐める姿は、気力に満ちていた。神父に会えて、満足しているのだろう。こいつのテリトリーが奪われることはなさそうだ。


それから急に寒波がやってきて、自分のねぐらに閉じ込められる日々が続いた。一歩でも外に出たら、あっという間に命を削られる。だが、俺たちを蹴散らす冬の暴君は、いつも荒くれてばかりではない。じっと耐えていると、いつしかこの地に飽きて次の獲物を探しに行く。

春の気配なんてどこにもないと思っていても、ふとした瞬間にそれは俺たちのすぐ近くで素知らぬ顔をして座っていることもあるのだから、勝手なもんだ。

俺たちは、そんな自然といつも対峙しながら生きていくしかない。

「あ～、今回は長かったな」

ねぐらを出た俺は、前脚を出して尻を突き出し、思いきり背伸びをした。立派な猫背ってのは、いつも曲げていればいいってもんじゃない。時折伸ばして柔軟に保っておくのが大事だ。しなやかさがあるからこそ、より美しい猫背になる。

久々の狩りは大成功とはいかなかったが、人間が捨てた喰い物にありつけた。

「お」

タキシードが歩いていくのが見えた。神父のところに行くのだろう。キャットフードを用意して待ってるという言葉を思い出し、あとを尾《つ》けた。

あのテンションの高い神父なら、媚《こ》びなくてもご馳走してくれそうだ。

教会に到着すると、タキシードは慣れた様子で中に入っていった。奥の建物は、俺たちが住んでいる住宅街によくあるのとは形が違う。窓も色鮮やかだ。

中から神父の声が聞こえてきた。間違いない、あの時の男の声だ。

「なんだよ、案外元気そうじゃねぇか」

「ちぎれ耳。なんでここにいる？　ついてきたのか？」

「まぁな。あいつ、病気治ったみてぇだし、退院祝いでもしてんじゃねぇのか？　旨いもんにありつけそうだ」

建物から人間が次々と出てくるのが見えた。

「喰い物の匂いはしねぇから、ミサだろう」

「なんだ、歌ったりするやつか？」

ここ数日の厳しさを俺たちに詫《わ》びるように、太陽は勢いを増している。

人間どもの目を盗み、開いた扉の隙間から中に入る。

「神父はどこだ？」

「多分祭壇だな。さっきの声は説教だ」

俺たちは長い椅子の間を歩き、奥へ向かった。人間はまだ数人残って話をしているが、声をひそめているせいか、まったくうるさくはなかった。礼拝堂という場所は静かで、居心地がいい。

『今日はいい天気になってよかったですね』

立って話をしている人間の足元をすり抜けて、祭壇の近くに行った。だが、神父はどこにも見当たらない。

神父様、と声がしたが、そう声をかけられていたのはこの前の男じゃなかった。

「あいつは新しい神父だ」

さらに祭壇に近づいてみる。侵入者に気づいているのかどうなのか、誰も俺たちを追い払おうとはしなかった。そこには人間が五人いて、お互い頭を下げ合っている。

『今日はこうして集まって頂いて、ありがとうございます』

『随分お世話になりましたから。私のお婆ちゃんなんて、よく日曜と勘違いして神父様のところに行ってたんですよ。そのたびに一人のためにミサを行ってくださって』

『お婆ちゃんはお元気ですか？』

『はい、とっても。今日は残念ながら来られなかったんですけど、早く神父様に会いたいって言ってました』

涙ぐむ中年の男女と若い女は、俺がタキシードの彼女だと勘違いしたあの神父とどこか雰囲気が似ていた。お人好しといった感じで、穏やかな空気を纏《まと》っている。

五人の話が終わると、新しい神父とやらが近づいてきた。

『神父様、本日は本当にありがとうございました』

『彼がいかに信徒さんに慕われているか、わかる集まりでした。私も彼の説教には感動しました。今日は聞くことができてよかったです』

『あの子の説教を楽しみにしている信徒さんがたくさんいらしたから、録音してＣＤに焼いたんです。カセットしか使えない方のためにはテープも用意して。足が悪い高齢の方のために録ったんですけど、まさかこんな形で聞くことになるなんて……』

『彼がイエス様のもとに召されてもう一週間になるんですね』

タキシードは立ちどまり、その場に座った。祭壇に飾られていたのは、あの若い神父の写真だ。俺たちはようやく状況を呑《の》み込むことができた。

「そうか、逝《い》っちまったのか」

ポツリと零された奴の声が、少し震えているように聞こえたのは気のせいだろうか。

タイヤのついた椅子でクルクル回る神父の姿を思い出す。

あんなに元気だったのに。

いや、元気だったのはあの一瞬だけだったのかもしれない。タキシードに会えた嬉しさが、神父にかりそめの生命力を与えた。

『あ、猫だわ』

若い女がタキシードに気づいた。しまった。見つかった。すぐに退散しなければと踵を返したが、タキシードの奴は祭壇の前に座ったままだ。声をかけようとしたが、言葉が出ない。

『お父さん、お母さん。ほら、タキシードみたいな柄の猫』

『あの子が言ってた猫って……』

『きっとそうよ』

『まさか本当に来るとはな』

中年の男女と若い女は、タキシードを歓迎しているようだった。若い女が祭壇に近づいて小さな機械を作動させる。すると声が聞こえてきた。神父のものだ。

タキシードが祭壇に飛び乗った。だが、人間は怒らない。

『いいわよ、猫ちゃん。そこはあなたの指定席だから』

祭壇には黒い布が畳んでおいてあった。多分、あれが神父の着ていた服だろう。

「よぉ、神父」

タキシードは写真に声をかけ、司祭服の上に座った。しばらく写真をじっと眺めていたが、躰を横たえ、丸くなる。

人間どもの啜《すす》り泣く声が聞こえてきた。

『よかった……。あの子の夢だったもの。猫アレルギーだから猫を抱いて寝ることができなくて……でも、これで願いが叶《かな》ったわね』

『ほんとね。来てくれてありがとう』

穏やかな光が差してきて、タキシードに降り注いだ。神父が手を伸ばしているように見える。優しい眼差しすら感じて、俺は少し奴が羨ましくなった。

祭壇の上の機械が、神父の声を再現している。

『では、イエス様のお話をしましょう』

第四章

飼い主の資格

寒さが少しずつ和らいでいく。

てこでも動かないとばかりにこの地に胡坐《あぐら》を組んでいた厳しい冬も、次の季節がその気配を漂わせると、あっさりと腰を上げた。冷たい空気が太陽に照らされてキラキラ輝き、辺りは祝福ムードに包まれる。

草木の芽吹きに誘われるように、俺は新しい恋をした。小柄で器量のいい丸顔のかわいこちゃんだった。真ん中でポキッと折れたような思いきりのいい鍵尻尾で、性格も尻尾に似つかわしい大胆な牝《おんな》だった。芳しい匂いを漂わせながら歩いているところに声をかけると、初めはぷいとそっぽを向いたが、本気で嫌がってないとわかる態度で焦らしてくる。年甲斐《がい》もなく、うきうきとした気分になったのは久し振りだった。何度かアピールして応じてくれた時は、俺も捨てたもんじゃないと思ったもんだ。

短い恋は終わりを告げ、その牝が腹を大きくさせている様子も見られた。たった一度だが、子猫を三匹連れて歩いていたのも見ている。

俺たち猫の牡《おとこ》は、交尾をすればあとは知らん顔だ。子育ては牝のみでやる。出産に立ち会ったことも子育てに関与したこともない。

「あ〜、よく寝た」

昼寝から目覚めた俺は、久し振りの日差しに遠出したくなり、テリトリーから離れたところまで脚を延ばした。懐かしい建物は、俺が初めて本気の恋をしたアビシニアンがいたアパートだ。一階のあの部屋は、いけすかない人間が引っ越していったあとしばらく空室だったが、最近誰かが越してきたらしい。人間が住んでいる匂いがする。

「今度は斡旋《あっせん》候補になるような猫好きだといいがな」

新しい恋もした俺にとってここは思い出の場所でしかないが、脚を向けちまったのは歳を取ったせいだろうか。嬢ちゃん以外、斡旋した猫の様子をわざわざ見に行くことはなかったが、ついでと言いながら白茶のことも覗《のぞ》いてきたのだから猫も変わるもんだ。

その時、敷地から俺を見ている子猫に気づいた。俺と同じ茶トラのハチワレ柄だ。

「なんだ、坊主。俺になんか用か」

「ううん」

おそらく親離れしたばかりだろう。子猫は痩せていた。艶のない毛並み。鼻の周りも薄汚れている。俺もこのくらいの時期に独り立ちしろと、ねぐらを追い出された。狩りのコツを覚えるまでは、いつも腹を空かせてたっけ。

「腹が減ってるのか?」

「うん」

「おふくろさんから狩りの仕方は習っただろう?」

「うん」

「だったら自分でなんとかしろ」

冷たく言い放って歩き出そうとするが、草むらにトカゲの気配を感じた。チラリと子猫を見るが、まだ気づいていない。興味深そうに俺を眺めているだけだ。

何を呑気《のんき》な。

俺はトカゲの居場所を特定し、身を伏せて獲物に飛びかかった。思惑どおり、カサカサと音を立てて子猫のほうに逃げていく。

「くそう、どこだ」

大きなジェスチャーで探すが、見失ったわけじゃない。

ほら、そこだ。そこにいるだろうが。今なら捕まえやすい。さらに追いつめる。子猫も探し始めた。狩猟本能が刺激されたようだ。そうだ、イイ子だ。そうやって狩りをするんだよ。お袋さんに教わったんだろうが。

「あっ、見つけた！」

子猫はトカゲに気づくと、飛びかかった。だが、いとも簡単に逃げられる。はっきり言って下手クソだ。無駄な動きが多く、狩りの才能があるとは言えなかった。

しばらく悪戦苦闘していたが、結局は見失う。草むらのどこにもその気配がないとわかると、残念そうに毛繕いを始めた。

どうしてそれを逃すんだ。

俺のお節介は空振りに終わった。

「つき合ってられるか」

自分で喰《く》ってりゃよかったと後悔し、歩き出す。だが、視線を感じた。振り返ると、子猫はずっと後ろにいて俺を見ている。

なぜついてくるんだ。

無視して歩き出した。また立ちどまる。

だからなぜついてくるんだ。

何度も繰り返しながら、住宅街へと戻る。子猫にはそこそこの距離だ。さすがにここまでついてこねぇだろう。そう思って振り返ると、その姿はなかった。

諦めたか。

ホッとするが、なぜかすっきりとはいかなかった。

俺と同じ茶トラのハチワレ模様。

佇《たたず》んだまま俺を遠くから眺めるガキの姿が、心に貼りついている。毛皮の模様が同じだから、自分がガキだった頃のことを思い出して感傷的になっているのかもしれない。

「ったく、なんなんだ」

ぬかるみに脚を踏み入れた時みたいな、心地悪さを感じる。なんでこんなところを歩いちまったんだと後悔しても、肉球についた泥は落ちない。

せっかくまたたびが俺に最高の時間を提供してくれようとしてるってのに、それを味わうほうに準備ができていなければ、力を十分に発揮できない。

マスターに申しわけなく思いながらも、俺はどこか上の空で紫煙を燻《くゆ》らせていた。オイルとふくめんが盛り上がっているが、会話は耳に入ってこない。

今夜の一本は『ボリニャール』という由緒正しいブランドのまたたびだ。

重厚な味わいがガツンとくる一本で、常に行動をともにはしないが心が弱った時に傍にいてくれる相棒のように、そいつはとことん俺につき合ってくれる。

「浮かない顔だな」

タキシードの問いかけに、俺は鼻を鳴らしただけだった。自分でもよくわからない気持ちをどう説明すればいいのか。しばらく煙を口の中で転がしていたが、とどめておけなくなった気持ちが口から零れ出る。

「なぁ、タキシード。お前、今までどのくらい恋をしてきた」

「なんだ急に。たくさんしたさ。本気の恋は数えるほどだが、勢いに任せて燃え上がった恋は山ほどある。お前だってそうだろう？」

そうだ。牝の発情期が来ると、俺たちは匂いに誘われて恋をする。

「俺たちは気楽だよな。子育てに関わらねぇだろうが」

「お前が生きていけないガキを斡旋するのは、そういう理由か？」

そうなのだろうか。

何を訴えたいのか自分でもわからない。言葉で形容しがたい気持ちは、ずっと俺の心を搔《か》き乱している。

「まさか母性が目覚めて子育てしたくなったなんて言うんじゃないだろうな」

「そんなことあるか」

「じゃあ、体力が落ちて恋が億劫《おっくう》になったか？」

「馬鹿言え。俺は現役だ。今もイケイケだぞ」

「だったら死にそうな子猫でも見かけたか」

タキシードは相変わらず察しがいい。一瞬、言葉につまった。

「どうせそんなことだろうと思ったよ」

観念して今日出会った子猫の話をする。すると、呆《あき》れたように笑った。

「自分と同じ柄の子猫か。感情移入したくなるのもわかる」

「独り立ちした頃は、苦労の連続だったな。狩りが上手くいかなくてなぁ」

「俺もだよ」

「お前はいいなぁ。俺なんか茶トラのハチワレだからな。よくいる」

「確かに似たのは多いが、ここまで綺麗《きれい》にタキシード柄ってのはいないな」

何自慢してやがる。

今まで自分の毛皮の色に不満を持ったことはなかったが、なぜか面白くない。

「マスターも白黒のぶちはよくいても、チョビ髭《ひげ》柄はあんまり見ないだろう？」

「ええ、そうですね」

「まぁ、マスターは毛皮の模様どころの話じゃない特別な存在だがな」

「俺だってサビ柄の牡だぜ～？」

またお前か。

いい具合に酔いながら絡んでくるオイルは、上機嫌だった。

「サビ柄こそ似たようなのばかりだろうが」

「牡だぜ、牡」

「猫又に敵うか」

「なんでマスターを出すんだよ。そういうのを他猫《たびよう》のふんどしっつーんだぜ？」

「うぐぐ」

悔しいが言い返せない。確かにこいつの言うとおりだ。俺としたことが情けない。

「同じ柄ってだけで、なんでそんなに気になるんだよ？　おっさん、弱気になったんじゃねぇの？　だったらもう隠居しろよ。キンタマ獲ってもらって飼い猫になってさ」

ケケケ、と笑いながら、またたびを口に運ぶ。

相変わらずこいつはかわいくない。


心に小さな引っ掻き傷を残したまま、日常が過ぎていく。

その日、俺は空き地でトカゲを仕留めたあと、ゴミを漁って鶏《とり》の骨を見つけた。肉はあまりついていないが、軟骨はいい歯応えだ。骨も比較的柔らかい部分は、俺ほどの顎の強さになると奥歯で簡単に嚙《か》み砕ける。骨髄の旨味を堪能し、大満足だった。

今日はいい日だ。

「ちょっくら散歩にでも出るか」

ご機嫌な陽気に誘われ、俺は少し遠出することにした。ただの散歩だ。

途中、雀《すずめ》にちょっかいを出し、風に揺れる雑草とたわむれて自分の俊敏さを確かめ、庭木で爪を研いだ。毎日がこうも穏やかならいいんだが。

立ちどまり、大きなあくびをしてから塀に飛び乗る。ついた先は、あのアパートだった。

「俺は何をしてるんだ」

自分でも呆れ、往生際の悪さを認める。

ああ、そうだ。そうだよ。最初からここが目的地だったさ。あのチビ助が俺のいる住宅街のほうまでついてきやがったから、ここまで戻ってこられたか気になっていたのだ。

辺りを散策すると、アパートからそう遠くない飲食店の裏口近くにいた。饐《す》えた臭いが漂っている。なかなか利口だ。ここなら人間が出す残飯にありつけるだろう。

それだけ確認できれば十分だと、もと来た道を歩いていった。アパートの敷地まで戻った時、確かな気配を感じる。またか。

振り返ると、例のごとくチビ助が俺のあとをついてきている。いったいなんなんだ。

「なんだ？　俺になんか用か？」

「ううん」

チビ助の毛並みは相変わらず悪かった。さっきの場所はこいつには競争率が高かったかもしれない。他にも野良猫はいるだろう。餌が豊富でも、ライバルが多ければ飢える。

その時、アパートから人間の声がした。

『すみませーん、大家さん。自転車ありがとうございました。本当に助かりました』

『いいのよ、いつでも言ってちょうだい。若いのに働きながら自炊もして感心ね』

『必要に駆られてです。最近は週に一回リモートで仕事できるようになったんで、特売日に一週間ぶんまとめ買いできるので助かってます』

若い女が自転車から大きな荷物を下ろしているところだった。どうやらあの部屋の新しい住人らしい。掃きだし窓を開け、風を通す。ワシャワシャと買いもの袋の音がして、思わず部屋を覗き込んだ。本能が疼《うず》く。あれに思いきり頭を突っ込みたい。

チビ助も同じなのか、俺の隣に来た。しかし、ちびっこには高くて中が見えないらしく、精一杯背伸びをしている。

『えーっと、七等分だから……一日ぶん結構ある。やっぱりあそこ安い～』

掃きだし窓の傍に、この部屋にそぐわない年代物の美しい椅子《いす》があるのに気づいた。買いもの袋はその上だ。今ならあれを自分のものにできそうだ。

網戸の隙間に爪を引っかけ、前脚を差し込んだ。空気を抱え込んだ袋は、少し風が吹いただけでふわりと浮いて椅子の下に落ちる。もう少し。もう少しこっちだ。

爪の先に触った。引き寄せようとしたが、軽すぎて上手くいかない。

くそう、あとちょっとだってのに。こっちに来い。もうちょっとこっちだ。違う、そっちじゃない。こっちだよ。

俺が夢中になっていると、チビ助も興味津々で俺の傍をウロウロし出す。

そうこうしているうちにいい匂いが漂ってきた。肉の匂いだ。女が座卓のほうに来るのが見え、網戸の隙間から前脚を引っ込める。残念だがここまでだ。

『あー、お腹空いた。やっとご飯食べられる～』

あと少しで爪を引っかけられそうだったのに、狙っていた袋はあっさりと畳んでしまわれる。しょうがない。諦めて帰ろうとすると、女が俺に気づいた。

『あ、猫』

嬉《うれ》しそうに満面の笑みを浮かべて網戸を開ける。

『ちびっ子もいる。わー、同じ柄だ。親子？』

「そんなわけあるか」

俺は否定したが、ガキは俺をじっと見上げた。

「違うぞ」

「うん」

うんと言いながらその目はなんだ。そもそも俺はお前のように甘ったれじゃねぇぞ。独り立ちしてからは、お袋から教えてもらったとおり狩りをして、誰にも頼らなかった。

『かわいいなー、猫飼いたいなー』

女の何気ない言葉に、俺は嘆きたくなった。

まったく、どいつもこいつも危機感ってもんが足りねぇ。どうしてそこまで呑気でいられるんだ。軽々しくそんなことを口にすると、俺みたいな奴が子猫を斡旋しに来るぞ。

俺はちんまりと座っている自分のミニチュアみたいなチビ助と女を見比べた。

「まぁ、ここは無理だろうな」

このアパートがペット不可なのは知っている。女にペットを飼う余裕がないのも、火を見るより明らかだ。

『ねぇ。これ食べる？　味がついてるから洗ってきてあげる。ちょっと待ってて』

いったん奥に消えた女は、白いトレーを手に戻ってきた。地面に置くと、子猫が飛びつく。それはさっきあんたが大事そうに小分けしていた肉だろうが。

「美味しい！　美味しい！」

子猫は尻尾をピンと立ててガツガツと喰っていた。相当飢えていたらしい。あっという間に平らげたが、いつまでもトレーを舐《な》めている。

『まだ欲しいの？』

「うん！」

期待するチビ助に破顔した女は、白い器に洗ってきた肉を足した。自分のがどんどんなくなっていくのがわかっているんだろうか。

『そっちの大きい猫ちゃんもいる？』

「俺にまでくれるってのか？」

「僕も」

『えー、チビちゃんもまだいる？　よく食べるね』

子猫が訴えると、女はさらに肉を洗ってこようとする。

俺はその場を立ち去った。俺まで喰ったら、あの女のほうが飢えちまう。こんな呑気な奴らに関わっていると苛つくだけだ。こんなところは二度と来ないぞ。絶対に。

俺は自分に何度もそう言い聞かせた。


「お前、最近どこに通ってるんだ?」

タキシードの鋭い指摘に、昼寝から覚めて散歩に出かけようとしていた俺は、はたと立ちどまった。見ると、奴は大きな前脚の手入れをしている。さして興味はないが、という態度が逆にプレッシャーだった。

なぜ聞く。そのデカい顔で。なぜそのふてぶてしい顔で俺にその質問を浴びせる。

「べ、別にどこだっていいだろうが」

じっと俺を見るタキシードの目は、何か言いたげだ。

関わるのかと聞いてるんだろう? こいつにチビ助の話をするんじゃなかった。

歩き出そうとして、塀の上に寝そべっているオイルと目が合った。組んだ前脚に顎を乗せ俺を観察している。ふふん、と挑発的に嗤《わら》っているのが面白くない。

「おっさんがちょくちょく遠出してるのは、あのふくめんですら知ってるぜ~?」

べろ~ん、べろ~ん、と前脚の肉球を舐めながら揶揄《やゆ》する奴の、意地悪そうな顔と言ったら。何かあれば話のネタにしてやろうと待ち構えてやがる。

あんなに固く決心をしたってのに、俺は自分と同じ柄のガキの様子を見に行くようになっていた。人間の女のほうも目が離せない。相当な猫好きらしく、いつも自分の喰い物を分けている。

「惚《ほ》れた牝でもいるのかよ？」

「馬鹿言え。そんなんじゃねぇ」

俺はそう言い残して歩き出した。相手をすればまた絡んでくる。

アパートにつくと、掃きだし窓は閉まっていた。部屋の中に人の気配はなく、チビ助の姿も見当たらない。ついでに飲食店のほうまで脚を延ばした。あそこは喰い物の匂いがする。タイミングがよければ、何か旨いもんが喰えるかもしれない。こんなところまで来て、なんの収穫もなく帰るほうがアホだ。

人気のない路地は、相変わらず饐えた臭いでいっぱいだった。ゴォォォォ、と建物の壁が、生暖かい風を吐き出している。いい匂いがしたが、旨いもんにはありつけそうになかった。ぴったりと閉ざされた扉は、俺のような野良猫をまっこうから拒絶しやがるのだ。もうちょっと愛想よくしてくれたっていいものを。

「くそ、なんもねぇのか」

いい加減帰ることにした。いつまでもこんなところをうろついていると、この辺りを縄張りにしている奴とでくわしかねない。しかし、立ち去ろうとした俺の目に、布きれのようなものが飛び込んできた。ゴミ箱の横に蹲《うずくま》っていたのは、チビ助だ。

「おい、どうした?」

近づくと、顔を上げて俺のほうに来ようとする。右の後ろ脚を怪我したらしい。

「大丈夫か?」

「痛いよ。……ママ」

心細さに母猫を思い出したのか、これまでになく弱々しい声で鳴く。躰《からだ》が震えていた。

「なんでまたこんな怪我をしたんだ」

「ご飯の匂いがしてね、そこのドアがね、開いたの。中に入ろうとしたら、挟まったの」

「まったく、鈍臭ぇな」

人間の出入りする隙にと思ったんだろうが、奴らが野良猫の侵入を許すはずがない。

「くそ、どうすりゃいいんだ」

咄嗟《とっさ》に浮かんだのは、あのアパートに住む女だ。斡旋するにしても、咥《くわ》えて連れていける大きさじゃねぇ。こいつが自力で歩ける範囲で頼れる相手といえば、他に思いつかなかった。条件が悪すぎるが、背に腹は代えられない。

「歩けるか」

途中、何度も励まし、人間や車に気をつけながらなんとかアパートに辿《たど》りついた。だが、掃きだし窓は閉まったままで、シンと静まり返っている。

それでもあんなところにいるよりいいと、草むらの中に身を隠した。

「おじさん。僕、どうなるの?」

「いいから黙ってろ」

どのくらい待っただろうか。駅のほうから駆けてくる人間の足音が聞こえてきた。

『わーん、遅くなっちゃった~。スーパー間に合うかな』

あの女だ。ったく、遅いじゃねぇか。待ちくたびれたぞ。

女がいつものように掃きだし窓を開けるのを待つが、中でバタバタしているのが聞こえるだけで一向に開かない。あの様子だと、また出かけちまう。

俺はアーオ、と鳴いた。

すぐに気づいてくれなかったが、何度か鳴くと掃きだし窓が開いて女が顔を覗かせた。

「ほら、今だ。行け」

せっつくと、チビ助は草むらの中からフラフラと出ていった。ドスの利いた俺の声に似合わないちびっこを見て、驚いたようだ。

『今鳴いてたの、あなた? あ。どうしたの? なんか脚、おかしい』

女は裸足で降りてきて、チビ助に手を伸ばす。

『怪我してるの? えっと……どうしよう』

オロオロしていたが、すぐに部屋に戻って段ボール箱を持ってくると、庭に置いてチビ助を中に入れた。そして、どこかに電話をかける。

『すみません、まだ診療時間ですよね？　怪我した野良猫を診てもらいたいんです』

よし、白装束のところに連れていくつもりだ。これで助かる。

女がチビ助の入った段ボール箱を抱えて部屋に戻った。俺が表に回ると、玄関から出てきて別の部屋のチャイムを押す。

『すみませーん、大家さん。自転車貸して頂けますか？』

『あら、どうしたの？　んま！　猫！』

『怪我してるから病院に連れていきたいんです。あのっ、入院させますので、部屋には入れないようにします。怪我が治ったら里親を探しますから』

『お金どうするの？』

『私が出します』

『えー、でも野良でしょ。動物って入院費が高いのよね？』

『何かの時のために貯めてたお金がありますから、それでまかなえると思います』

大家は困った顔をした。何せペット不可のアパートだ。以前の住人のことを考えると、こっそり部屋に入れないか疑って当然かもしれない。

『あの、本当に部屋の中には……』

『その猫が退院できるなら、無理して預けてこなくてもいいわよ』なぬ。

俺は自分の耳を疑った。まさか、部屋に上げていいと言っているのか。

『あなた真面目だし、汚したりしないでしょ？　その辺ちゃんと気をつけてくれるなら、怪我が治るまで部屋に入れていいわ。特例だからね』

『はいっ、ありがとうございます！』

女は嬉しそうに頭を下げると、自転車に段ボール箱を括りつけた。落ちないか何度も確認して、それに跨《また》がる。

『車に気をつけてねー』

『はい！　行ってきまーす！』

女はすっかり日が落ちた道路を、ものすごい勢いで走っていった。かなり強引な真似をしちまったが、悪く思わないでくれ。

その姿が見えなくなっても、俺は一人と一匹が消えたほうを眺めていた。大家もなぜかしばらくそこに立って見送っていた。俺の存在に気づく。目が合った。

『あら、あんた見ない顔ね。駄目よ。うちのアパートはペット禁止なんだから、あんたを飼ってくれる人はいないの。ほら、他のとこ行きなさい。シッシ！』

追い払われたが、いつも不快に感じる『シッシ』がそれほど嫌な気分にならなかった。

飼い猫なんてこっちこそ願い下げだ。

チビ助はみるみるうちに回復した。手術とやらをしたようだが、翌日に部屋に連れ帰ったところを見ると、たいしたことはなかったらしい。

「おい、調子はどうだ？」

雨上がりの風の気持ちいい夜。普段ならＣＩＧＡＲ《シガー》　ＢＡＲ《バー》『またたび』でいい気分になっている時間に、俺はアパートまでやってきた。

網戸の隙間から声をかけると、チビ助は後ろ脚を庇《かば》いながら歩いてくる。

「ちょっと痛いけど平気。おじさんありがとう」

関わるまいと思っていたのに、結局術後の様子まで確かめに来るようになっちまった。今回は仕方ねぇだろう。あんな若いねぇちゃんに押しつけた責任ってのがあるからな。

「ご飯も美味しいよ。美咲《みさき》ママが僕のご飯買ってくれたの」

美咲ママときた。相当な甘えん坊だ。一度は独り立ちしたってのに、母ちゃんと思っていやがる。

話によると、祖母の形見を売って金にしたらしい。そういや、ここにあった立派な椅子がない。やけに存在感があると思ったが、価値のあるもんだったのか。

「今はね、カリカリを食べてるの。香ばしくて歯応えがよくて、あんなに美味しいものがあったなんて知らなかった」

「そうか」

じゅる、と涎《よだれ》が出た。いかん、カリカリなんぞに心を奪われてたまるか。

『ご飯よ～』

「わーい、ご飯！　ご飯食べる！」

俺は草むらに身を隠した。チビ助は尻尾を立てて美咲に躰を擦りつけている。カリカリという音が聞こえてきた。空腹に少々染みる。

『よかったね～。先生が順調に回復してるって。いっぱい食べて元気になってね』

美咲はチビ助が食べるのを嬉しそうに眺めていた。猫が飯を喰うのがそんなに楽しいのか。相変わらず猫好きの人間ってのは、よくわからない。

『だけどアンティークがあんなに高く売れるなんてびっくり。お婆ちゃんに感謝しなきゃ。治療費払ってもこんなにあまるんだもん。里親が見つかるまで十分まかなえるわ』

大事なもんを手放したってのに、美咲は心底嬉しそうだった。後悔ってもんがまったく見られない。

「僕のためなの？」

『お婆ちゃんも猫が好きだったから、あなたが元気になってきっと喜んでるよ～』

ひとしきり撫《な》でられると、チビ助は思い出したように飯の入った器に顔を突っ込んだ。

まったく、呑気な奴だ。里親の意味をわかっていない。

「美味しかった！　おかわり！」

『まだ食べる？　いいわよ。先生がね、今は食べるだけご飯あげてくださいって。君は栄養が全然足りないんだって～』

カラカラと音を立てて、飯が足される。チビ助はまた顔を突っ込んで夢中で喰った。

「私もご飯にしようっと」

美咲が胡坐をかくと、チビ助は待ってましたとばかりに膝に乗る。くぼみに尻を収め、太股の上に前脚を置いて毛繕いを始めた。俺たち猫は、あんなふうに凹んだ場所を心地いいと感じる。躰がすっぽり包まれて安心するのだ。美咲の膝は、チビ助にとってすっかりお気に入りの場所になっていた。


「あいつ、自分があの女に飼ってもらえると思い込んでやがる」

チビ助が順調に回復に向かってるってのに、重い気持ちを抱え込んだ俺は、それを吐露すべくCIGAR BAR『またたび』に来ていた。

マスターに勧められた『ロメオ・ニャ・フリエタ』の重厚な味わいに深く酔いたいところだったが、楽しめない。むしろ名前の由来となった悲恋を描いた小説のごとく、互いを想う気持ちは同じなのに一緒にいられないチビ助たちを思い出しちまう。心なしか吐く紫煙も重い。ゆっくりと足元に落ちていくのを見て、気持ちまで沈んだ。

結局、俺のお節介は常連たちに筒抜けで隠す気を失った。オイルもふくめんも、俺の話を聞きながら紫煙を燻らせている。

「斡旋に成功したんじゃないんっすか？」

「あの女に飼う余裕はないだろうな」

「えっ、じゃあ怪我が治ったら野良猫に逆戻りっすか？　一回家の中に入れたのにっ？」

ふくめんが身を乗り出す。

「いいや、里親を探すつもりみてぇだから、野良猫に逆戻りってことはねぇな」

「だったらいいじゃねぇか。金持ちに飼われたほうが贅沢《ぜいたく》し放題だぜ？」

オイルの言うことも一理ある。裕福な家なら高級カリカリやウェットフード、手作りのご飯、おやつも喰い放題だ。広いテリトリー内にはストレス発散のための工夫がたくさんされるだろう。美咲みたいな人間に飼われるより、贅沢ができるかもしれない。

「へぇ、贅沢し放題っすか。いいっすね。夢みたいっす」

「飼い猫の醍醐味《だいごみ》ってのはね、そんなことじゃないんだよ」

　ボックス席にいたあんこ婆さんが、紫煙を燻らせながらポツリと言った。どこか重い、聞き逃してはならないと思わされる言い方に全員が注目する。

「優しく語りかけてくる人間の手はね、お日様よりずっと心地いいのさ。猫好きの人間ってのは自分よりも猫のことを一番に考えてくれるんだよ」

「へぇ、そんなもんか」

　あんこ婆さんの言葉に、俺はあの女が自分の肉をチビ助に分けていた時の顔を思い出した。自分のぶんが減るってのに、嬉しそうだった。

「千香《ちか》ちゃんはね、あたしが傍にいるだけで幸せだって言ってたけど、あたしも千香ちゃんの気配を感じるだけで満たされたもんさ。一度知ったら、忘れられない味なんだよ」

あんこ婆さんのどこか寂しげな背中には、飼い猫にしかわからない特別な感情が浮かんでいる。生意気なオイルですら、黙りこくるのだ。

　俺は飼ってもらえると信じて疑わないチビ助のまっすぐな思いが、報われることを祈らずにはいられなかった。

美咲のアパートに二人組の女が訪れたのは、飼い猫だったあんこ婆さんの憂いに触れた次の日だった。夜風が心地よく、草むらから聞こえる虫の音も平和を歌っているようだ。

二人組の女は野良猫を保護している団体の人間らしい。後ろで束ねた髪が犬公の尻尾みたいな女が一人と、もう一人はマスターみたいな白黒の服を着ている。

俺は見つからねぇように草むらに身を隠し、掃きだし窓から中の様子を窺《うかが》っていた。

『こちらがお話しされていた猫ちゃんですね』

『はい。怪我が治るまで一時的に猫を置いていいって大家さんが言ってくださって。完治するまでにペット可のアパートに引っ越すか、新しい飼い主を探すしかなくって』

ちび助は与えられたおもちゃで遊んでいた。飛びかかり、馬乗りになってかぶりついたかと思えばそのまま転がり、後ろ脚で獲物を蹴る。

いずれ美咲と別れることになるなんて、少しも疑っていない。

『それで私たちにお電話くださったんですね』

『里親探しの相談をと思って。虐待目的で貰《もら》っていく人もいるらしくて』

『全面的に協力しますので安心して下さい。ねー、大丈夫だよ～、猫ちゃ～ん』

犬公の尻尾が猫じゃらしを手に取った。この女も相当の猫好きらしい。扱いに慣れている。先っちょだけが見えるようにクッションの下に隠し、絶妙な動きでチビ助の興味を引いた。少し見せては隠し、また見せる。

身を伏せたチビ助がプリプリッと尻を振って飛びかかると、ちゃんと捕まえさせた。

『わ～、上手ね～。すごく元気。もう怪我もほとんど治ってるんじゃないですか？』

『はい、獣医さんには念のためあと一回見せに来るよう言われてますけど』

『そっか～、よかったね～』

チビ助の頭を撫でると、抱っこする。だが、チビ助は身を捩《よじ》って腕の中から逃げた。

『あ、抱っこは苦手な子なのね。ごめんね～。人懐っこいですし、このくらいなら貰い手は見つけやすいです。名前はつけられました？』

『いえ、情が湧くと思ってつけてません』

『わかります。わたしたちもずっとお世話してきた子を誰かに託すのは、嬉しい反面寂しくもあります。でも、猫ちゃんにとって家族を見つけてあげるのが一番ですから』

今度は白黒が、うんうんと頷《うなず》きながらチビ助に手を伸ばす。人差し指を出すと、チビ助は匂いを嗅いで挨拶した。

『では、さっそくお預かりしていいですか？』

『あ、待ってください。飼い主が見つかるまでここで面倒を見たいんです』

立ち上がろうとした犬公の尻尾が『あれ？』という顔でもう一度腰を下ろした。

『構いませんが……』

『っていうか、来て頂いてこんなこと言うのは申しわけないんですけど、やっぱりもう少し考えたくなってしまって』

『つまり、自分で飼いたいってことですか？』

口調がピリッとした。なぜか声にトゲがある。

『里親探しも丸投げするつもりはなくて、アドバイスを頂きたくて連絡したんです』

話が違うとばかりに、二人は顔を見合わせた。

『そうだったんですか。こちらの早とちりだったようで、申しわけありません』

『いえ……っ、とんでもないです』

『ところでお仕事の時はどうされてます？　エアコンはつけてます？』

強い口調だった。美咲が戸惑っているのがわかる。

『いえ、掃きだし窓を開けて扇風機を回してます。まだそこまで暑くないですし、鍵もつけてるから、この子が連れていかれる心配はないと思います』

女たちは『う～ん』と表情を曇らせた。

なんだその顔は。何が不満なんだ。美咲はな、チビ助のために大事な家具まで売ったんだぞ。

『一人暮らしだと十分なお世話ができなくないですか？　留守の間、猫ちゃんはずっと独りぼっちですよね』

「大丈夫だよ。僕、お留守番できるよ！　美咲ママはお仕事終わったら、すぐに帰ってきてくれるもん」

チビ助が反論する。そうだ、もっと言ってやれ。

『すみません。責めるつもりはないんです。ただ猫ちゃんが心配なだけで』

白黒はにこやかに言うが、美咲の表情は段々と固まっていく。

『仕事の時は、誰も見る人はいません』

『私たちは飼育に関する相談も受けつけてます。ご飯もできればヒューマングレードのプレミアムフードがいいですね。安いのは粗悪な材料しか使ってないので』

「でも美味しいよ！」

チビ助が訴えるが、女たちにはまったく届いてない。

『ねー、おちびちゃんもプレミアムフードがいいよねー』

「美咲ママが買ってくれたカリカリはね、とっても美味しいんだよ」

『やっぱりそう？　急にご飯を変えるとお腹壊すから、少しずつ移行しましょうね～』

お前は何を聞いてるんだ。勝手に決めるんじゃねぇ。

言葉が通じなくても、猫好きの人間との間で会話が成立することはあるが、こいつらは駄目だ。一方的すぎる。自分のいいように解釈しすぎだ。

チビ助が美咲に懐いてるのを見りゃ十分幸せだってわかんだろうが。

『飼育費ですが、ご飯や猫砂以外にも年一回のワクチン代と月々のノミのお薬代。一年に

十四、五万必要です。病気の治療で二百万以上かかった方もいます』
美咲は叱《しか》られているかのように俯《うつむ》いた。二人がかりで責められているのと同じだ。美咲はチビ助のことを考えてるってのに、なぜそれをわかってやれない。

『あなたから無理に猫ちゃんを奪うつもりはありません。でも、もう一度よく考えられたほうがいいと思います。私たちも最善を尽くしますから』

結局、答えを出すのは後日ってことになり、女たちは深々とお辞儀をしながら部屋をあとにした。二人を見送った美咲は、部屋に戻ってくると力なく座り込み、肩を落とす。

座ったまま動かない美咲に、チビ助がじゃれついている。

「ねぇ、遊んで遊んで！」

チビ助を見て、美咲は少し笑った。だが、心からの笑顔じゃないことくらいわかる。残り少ない時間を惜しむように、猫じゃらしを手に取って遊ばせた。

「ったく、何わかったようなこと言ってんだ婆ども。むかつくぜ」

「！」

背後から聞こえた声に振り返ると、塀の上にオイルがいる。サビ柄がいい保護色となって闇に紛れていた。よく見ると、草むらにニンニクが落ちている。

「ふくめん、お前まで……っ」

「俺もなんかむかついたっすよ。偉そうな人たちだったたっすよね」

「言いたいことはわかるがな」

タキシードまでいた。ふくめんから少し離れた場所に身を隠している。こんなところまで見に来るとは、酔狂な奴らだ。

「へぇ、おっさんにそっくりなガキだな。まさにジュニア」

「何がジュニアだ。からかいに来たのか」

「様子を見に来たっすよ。ちぎれ耳さんのミニチュアも見てみたいし」

好奇心の塊たちめ。連中を追い払うのは無理だろう。諦めて、再び部屋の中の様子を見る。チビ助はまだ猫じゃらしに夢中だった。はぐぐ、と鼻にシワを寄せて咥えた獲物に興奮している。

『あなたは遊ぶの好きね。ねぇ、お留守番寂しくない？』

「僕、寂しくないよ。お留守番得意だよ。帰ってきたらいっぱい撫でてくれるし、夜は一緒のお布団で寝られるもん」

『いつも何してるの？　こんな狭い部屋で、退屈だよね。ご飯ももっと栄養があるのがいいよね。安いのは美味しくないでしょう？』

「美味しいよ！　美咲ママの匂いも大好き。とっても落ち着くんだよ」

『病気になったら……私、貯金百万もない』

「美咲ママと一緒にいたいから、僕は絶対病気になんかならないよ！」

チビ助がどう訴えても、美咲には届かなかった。

違うんだ。あいつらの言うことは見当外れなんだ。チビ助はあんたといたいんだ。

「全然伝わってねぇぜ？」

「文句言ってると思ってるんっすかね。どうしたら伝えられるんっすかね？」

ふくめんの言うとおり、今の美咲にはどんな反応も自分に飼い主の資格がないという訴えにしか聞こえないらしい。

「ジュニアも見たことだし、俺はマスターのまたたび吸いに行くぜ？」

飽きたのか、オイルが塀から飛び降りて姿を消した。ふくめんがそれを追う。

「まだ見てるつもりか？」

タキシードに言われ、俺は渋々立ち上がった。

「なぁ、ちぎれ耳。どうしてそんなに感情移入するんだ？」

「してねぇよ」

我ながら説得力のない言葉だが、タキシードはそれ以上追及してこない。

俺は一度だけ灯りの漏れる部屋を振り返った。チビ助は自分が他の家に貰われていくなんて思っていないようで、まだ楽しそうにじゃれついている。いつまでも遊びにつき合ってやる美咲は、チビ助を心からかわいがっている。

だからこそ、後悔していた。チビ助は別のところに連れていくべきだった。出会わせるべきじゃなかった。

一度知った幸せの味を忘れさせるのは、難しい。

いつまでも晴れない心を抱えた俺は、久し振りに嬢ちゃんに会いに来た。掃きだし窓は全開で、網戸の傍にあるキャットタワーでくつろいでいる嬢ちゃんを見つける。

「よぉ、元気か？」

「おじちゃま！　また来てくれたの！　とっても元気よ」

俺の顔を見ると、嬢ちゃんはいつもこんなふうに喜んでくれる。俺のような猫相《びょうそう》の悪いおっさん相手に尻尾をピンと立てるのだから、気分がいい。嬢ちゃんは他猫の心を明るくする才能があるんだろう。この前向きな性格は、心がしなびた時に元気をくれる。

俺が掃きだし窓の下に寝そべって毛繕いを始めると、嬢ちゃんも香箱を組んだ。尻尾をゆっくりと左右に揺らしている。

「ふくめんちゃんたちからも聞いたわ。おじちゃまと同じ柄の子、どうなったの？」

俺は一瞬、肉球を舐めるのをやめた。すぐに再開するが、動揺は隠せない。

「多分貰われていくな。どうしようもない」

嬢ちゃんがちょっとだけ元気を失った。寂しそうにしているのは、大好きだった飼い主と離ればなれになるつらさを経験しているからだろうか。

「ねぇ、おじちゃま」

「なんだ？」

「あたし、野良猫になった時、本当はとてもつらかったの」

しょんぼりした嬢ちゃんの声に驚いた。嬢ちゃんの口から『つらかった』なんて言葉が飛び出すとは。だが、それほど過酷だったのだ。嬢ちゃんにとって、いきなり放り出された野良の世界は、苦労の連続だったに違いない。

「夜はとっても怖かった。暖かいお布団で寝てたのに、寝る場所すらないんだもん。変な音が聞こえたり、ガサガサッって何かが近づいてきたり」

「……嬢ちゃん」

「いつもお腹がぺこぺこで悲しかった。これからずっと、自分でご飯を探さないといけないのねって思って、こっそり泣いたこともあるのよ。おうちに帰りたいって」

照れ臭そうに告白する嬢ちゃんに、爪の先で心臓をちくりとやられた気分になる。

初めて聞いた。

小さな躰で頑張ったんだろう。そう思うと切なかった。

前向きに振る舞う姿勢に今までそんなことにも気づかなかったのか、俺は。

「……そうだったのか。すまなかったな」

「ううん。おじちゃまはたくさん助けてくれたわ。狩りの仕方も教えてくれたでしょ？」

優しいな、嬢ちゃんは。躰は小さくても、冴《さ》え渡る空みてぇに広い心を持っている。

「きっとその猫ちゃんも、幸せだと思うわ。だって、野良猫じゃなくなったんだもの。ご飯がたくさんなくても、半分こして食べるのは素敵な気分になるのよ」

俺はハッとした。

嬢ちゃんは飼い主だったゆみちゃんのお母さんが亡くなった時、大人が見つけてくれるまで一人と一匹で飢えをしのいで生きながらえた。そんな嬢ちゃんだからこそ、大好きな人と一緒にいられる時間がどれだけかけがえのないものか知っている。

「野良猫よりマシな生活を送らせてあげられるなら、お金持ちじゃなくても飼う資格はあると思うの。だって、その猫ちゃんのために家具を売ったんでしょ？　もし猫ちゃんが病気になったら、きっとできる限りのことはするはずよ。お金がたくさんかかる治療ができなくて死んでも恨まない。そうでしょ？　おじちゃま」

そうだ。嬢ちゃんの言うとおりだ。大事なものを手放してもなお嬉しそうだった美咲のもとでなら、チビ助は幸せになれる。

「ゆみちゃんもそうだったもの。ビスケットしかなかったのに、ちゃんとわけてくれたの。あたしにいっぱいくれたの。満腹にはならなかったけど、たくさん撫でてもらって、一緒に寝て、お世話も上手じゃなかったけど、とってても幸せだった。おじちゃまには、そんな人がいなかったの？」

いたさ。

ちくわをくれた婆ちゃんの姿が脳裏に浮かぶ。

そうだ、いつまでも婆ちゃんを思い出してしまうのは、単にちくわが旨かったからじゃない。婆ちゃんの優しく語りかけてくる声や穏やかな雰囲気、一緒に日向ぼっこをする幸せな瞬間があったからこそ、あの時間が心に染み込んでいるのだ。

あんこ婆さんが口にした飼い猫にしかわからない感情を、俺はすでに知っていた。

「嬢ちゃんに教えられるなんてな」

「うふふ」

鼻鏡をペロリと舐める嬢ちゃんは、少し得意げだ。

なんとか一人と一匹が一緒に暮らせるようにしてやりたい。金さえあれば。

その夜、俺はＣＩＧＡＲ ＢＡＲ『またたび』に行くと、どうしたらチビ助と美咲が一緒に暮らせるか、常連たちに相談した。

「無駄無駄無駄。俺たち野良猫にどうにかできる話じゃねぇぜ」

「そうかな。オイルはめずらしいサビ柄の牡っすから、稼げそうっすけど」

「まぁ、俺ほど貴重な猫ならできるかもな」

ふくめんの言葉に機嫌をよくしたのか、普段なら一蹴して終わるはずの会話にオイルは乗った。こいつも案外単純な野郎だ。

「ここみたいに店にするって手もあるぜ？　CAT《キャット》　BAR《バー》『にくきゅう』なんて看板掲げてさ。俺は当然売れっ子だから高めの金額設定でモフらせるんだよ」

「なるほど。オプションで肉球の匂いを嗅ぐともう一袋おやつとか、お腹見せたらカリカリ一食ぶんとか。公園におやつ持ってくる人間もいるんっすから、需要はあるっすよ」

「確かにな。俺たちで癒やされてるなら代価を払うのは当然だ。人間のさじ加減で決まるなんてフェアじゃない」

またたびで酔ったのか、タキシードまでおかしなことを言い出した。

「猫組合作って、どのくらい触ったら報酬を貰えるか交渉したいっすよね。見合うもんをくれるまでストライキ起こして、絶対に触らせないっす！」

「悪くねぇぜ。大体、気安く写真撮りすぎなんだよ。撮影会やってさ、一回につき一ヶ月ぶんのからあげ取るってのはどうだ？」

「いいっ！　オイル天才っす！」

段々おかしな方向に話が進んでやがる。しかし、想像すると俺もその気になってきて、つい身を乗り出した。そうなんだ。あいつらは勝手に写真を撮ったりするが、俺たちは無料の癒やしアイテムじゃねぇ。俺たちはおおいに盛り上がった。

「だけど、どうやってそれを伝えるんだい？　人間は猫の言葉を理解しないんだよ。交渉しようがないじゃないか。字が書ける猫でもいれば別だけどね」

ボックス席から聞こえてきたあんこ婆さんの声に、潮が引くように熱が冷めていく。

「そのとおりだ。あんこ婆さんですら読むことしかできないんだぜ」

あんなに盛り上がっていたオイルは、バツが悪そうにしていた。子供っぽくはしゃいだのが恥ずかしかったようだ。格好つけの若造らしい反応だ。

「ったく。タキシードのおっさんまで一緒になって言うから、俺まで乗ったじゃねぇか。あんたはもうちょっと大人だと思ってたぜ」

「俺のせいにするな」

カウンター席でしょぼんと座っている俺たち常連を見て、マスターのチョビ髭模様が小刻みに動いたのがわかった。

苦笑してやがる。

結局、いい案は浮かばなかった。別れの時が刻一刻と迫っているってのに何もできず、美咲がチビ助との残りの時間を嚙み締めるように過ごしているのを、見ているしかない。

「どうにかなんねぇもんかな」

ない知恵を絞り出そうと、その日もアパートまで出かけていった。美咲の仕事が休みのようで、掃きだし窓は全開だった。チビ助との会話が外まで聞こえる。

微笑ましい光景が見られると思ったが、他にも部屋に人間がいることに気づいた。穏やかな声で話しているが、漂ってくるのは不安と悲しみといった感情だ。

中を覗くと、先日来た犬の尻尾と白黒がいた。チビ助を連れていくつもりなのかもしれない。

「ねぇ、美咲ママ。僕お出かけするの？　一緒に行かないの？」

美咲に抱かれたチビ助は、爪を立ててしがみついていた。

『あなたを幸せにしてくれる人のところに行くのよ』

「僕、美咲ママと一緒が一番いいよ。ねぇ、今日も遊んでくれるんでしょ？」

『これからは昼間も寂しくなくなるからね。美味しいご飯もいっぱい食べられるから』

「ねぇ、僕のカリカリは？　ぼくいつものカリカリが好き」

『ごめんね、本当に……ごめんね。本当は私が……飼い主に、なりたかったけど、幸せになってね。たくさんかわいがってもらってね』

涙を堪えきれない美咲に、チビ助もただごとじゃないと感じたらしい。騒ぎ始める。

「美咲ママッ、ママッ、いやだよ。どこに連れていかれるの！　一緒に行こうよ！」

偉そうだった保護団体の連中も、最後の触れ合いを邪魔することなく見ていた。悪い人間でないのは確かだ。俺たち猫を想って手を尽くそうとしている。だが、本当にこれでいいのか。本当に手放していいのか。これが正しいのか。

『そろそろお渡ししますね。すみません、つい』

『いいんですよ。情が湧いて当然です』

キャリーケースに入れようとするが、チビ助は腕から飛び降りて部屋の隅に逃げる。それを追いつめる美咲の表情は、悲しみに満ちていた。

『どうしたの？　病院に行く時はおとなしいのに』

「やだっ、僕はここがいい！　どこにも行かない」

『ほら、手を挟むから。お願い、おとなしく入って』

再び捕まったチビ助は、扉のところに爪を引っかけて抵抗する。バリバリと剝がされる音がして、いとも簡単に押し込まれた。

『じゃあね、幸せになってね』

「美咲ママッ、美咲ママーッ」

ケースを抱えた犬公の尻尾が玄関に向かうのを見て、俺は表に回った。車の後ろのドアが開けられていて、その中に運び込まれている。

「美咲ママッ、お願いっ、美咲ママッ、僕はどこにも行きたくないよぅ」

バタン、とドアが閉まり、チビ助の姿は見えなくなった。車に乗り込んだ二人は深々とお辞儀をし、美咲もそれに応じる。

おい、なんだそれは。チビ助が何を訴えてるかわかるだろうが。あれほど必死に行きたくないと言ってるだろうが。どうして理解してやらない。

『それでは、よろしくお願いします』

車はゆっくりと発進し、段々小さくなっていった。角の向こうに消えても、美咲はしばらく佇んだまま動けないでいる。

『ごめんね……』

消え入りそうな声でつぶやくと、美咲は泣きながら部屋に戻っていった。

こんな別れは見たくなかった。

喧嘩《けんか》の傷が疼くみてぇに、胸の奥がズキズキと痛みやがる。

俺は美咲の気が変わってチビ助を迎えに行くんじゃねぇかと思い、すぐに帰る気にはなれなかった。いつまでも周辺をうろつき、毛繕いをして時間を潰す。

しかし、もたらされたのは悪いニュースだった。

『えっ、脱走したんですか？』

諦めて帰ろうとしていた俺の耳に、美咲の声が飛び込んできた。立ち尽くす彼女の顔は青ざめている。

『やだ、どうしよう。私も捜しに行きます。嘘《うそ》っ、私のせいだ』

チビ助の奴、美咲のもとに戻るつもりなのだ。俺はいてもたってもいられなくなった。

ケージに入れられ、車に乗せられて行ったこともない場所に連れていかれたあいつに、ここまで戻ってくる帰巣本能が備わっているのか、それを実行できる体力があるのか。

自分が動揺していることに気づき、いったん落ち着こうと毛繕いを始めた。耳の後ろ、顔。前脚を舐めて丹念に綺麗にする。脚を開いて太股から脚の先までざらついた舌で毛並みを整えた。自慢のキンタマも忘れない。牡の身だしなみだ。

ようやく冷静さを取り戻した俺は、いいことを思いついた。そうだ、その手があった。すぐさま走り出し、目的地へ向かう。

「嬢ちゃん、いるかっ」

「どうしたの、おじちゃま」

窓辺でくつろいでいた嬢ちゃんは、背中の毛をツンと立てた。驚かせて悪い。

「嬢ちゃんが捜されてた時のチラシはあるか？」

以前、嬢ちゃんの飼い主が、抜け落ちたヒゲやブラッシングで出た毛をボールにして取ってあると聞いた。収集癖は呆れるほどで、なんでもかんでも宝物にしている。

もしかしたら、まだ持っているかもしれない。

「え、あたしの写真が載ってるチラシ？　どうかしたの？」

「チビ助が脱走した。俺が斡旋した猫だよ」

詳しく説明しようとしたが、嬢ちゃんは俺の言葉を遮るように踵《きびす》を返す。

「探してみる！」

根掘り葉掘り聞いてこないなんて、賢い子だ。しばらくすると、部屋の中でガタガタと音がする。抽斗がひっくり返った音だ。

「あった！　おじちゃま！　これよ！」

嬢ちゃんの写真が載ったチラシは、ペット探偵が配っていたものだ。

「貰ってくぞ！」

まったく、猫好きの人間ってのはアホだ。こんなもんまで大事に取ってあるなんて。

だが、おかげで希望が見えてきた。記念の品がなくなったとわかれば悲しむだろうが、チビ助の幸せがかかってるんだ。許せ。

一縷《いちる》の望みを胸に、俺はチラシを咥えて美咲のアパートに向かった。


ペット探偵がアパートに来たのは、翌日のことだった。

あの時の男だ。毛繕いがなっていないボサボサの髪。猫のご飯やら何やら荷物を積んだ箱形の車。怪しい人物に見えるが、こいつが俺たち猫の習性に詳しく、案外使える奴ってのは知っている。

『お問い合わせ頂きありがとうございます。脱走猫の捕獲ですか』

『はい。偶然チラシを拾って連絡したんです。私も猫を捜して欲しくて』

ペット探偵は美咲から詳しく聞き取りを始めた。チビ助の写真はもちろん、性格や癖、脱走の状況など事細かに。

「あっ、あいつだ！」

聞き覚えのある声に嫌な予感がして、ゆっくりと振り返った。

またか。

俺の後ろで身を伏せる三匹に、うんざりする。どうしてこいつらは、好奇心をこうも抑えられないんだろう。嬢ちゃんのほうがずっと大人だぞ。

「なんだ、お前ら。何しに来た？」

「ちゃあこちゃんから聞いたっすよ。ちぎれ耳さんが来て、チラシを持ってったって」

「脱走したのか？」

タキシードまで若造と一緒になって問いつめるもんだから、これまでのことを話して聞かせる。

「あいつ、ちゃあこの奴を捜してたペット探偵だろ？　覚えてるぜ」

「マスターの時も活躍したな。あれなら案外ジュニアを見つけるかもしれない」

「ジュニア言うな」

「まぁいいじゃないか。ほら、何か言ってるぞ」

俺たちは聞き耳を立てた。何かと騒がしい住宅街の雑音の中で、部屋の静けさが空洞のように存在している。落ち着いた声で話す二人の声は、はっきりと聞こえた。

『お話を伺ってると、保護団体の方の捜索方法では見つからない気がしますね』

『でも、何度か経験があるから大丈夫だって』

『通常の脱走には詳しいでしょうが、今回は違うと思うんですよね、俺は』

そうだ、いいぞ。相変わらず毛繕いがなってないってのに、なかなかの切れ者だ。あんたのことは、嬢ちゃん捜索の時から買ってたんだ。今回もしっかり役に立ってくれよ。

『その猫はここに戻ってこようとしてるんじゃないんですかね』

美咲は一瞬嬉しそうにしたが、それに比べて探偵のほうは険しい表情のままだ。状況がよくないとわかっているらしい。

『普通は脱走したらあまり遠くには行かないもんなんです。でも、ここに戻るつもりなら捜すのはかなり困難です。時間がかかります。全力を尽くしますけど……』

『報酬は払います。いくらかかってもいいです。だから捜して下さい』

必死の頼みだった。

そこまであいつを想ってんのに、なぜ手放したんだ。いや、大事だからこそ手放したんだよな。わかっている。わかっているからこそ、もう一度会わせてやりたい。

『ひとまずチラシを作りましょう。捜索範囲は広がりますから、かなり刷らないと』

『もちろん平気です。お願いします！』

『ここから猫が脱走した場所まで案内してください。ルートに沿って帰ってくるとは限らないですが、そう大きくは外れないと思います。というより、思いたいですね。戻ってくる途中、トラブルがないといいんですが』

ペット探偵の言葉は現実的で、チビ助が見つかるかどうか微妙だと言いたげだった。

「どうするっすか？」

「一緒に行くに決まってんだろうが」

「俺はやめとくぜ？　昼寝の時間削ってまでつき合うつもりはねぇよ」

ペット探偵は、美咲の部屋から猫砂の入ったトイレや猫ベッドを運び出した。少しでも匂いのついたものをと思っているのかもしれない。

「どうやって乗り込んだらいいっすか？」

「俺が囮《おとり》になってやるよ」

オイルが横に寝そべって前脚を舐めながら、余裕の態度で言う。遅れてやってくるヒーローみたいにゆっくりと立ち上がるその態度は気取ってやがるが、こいつなりの思惑があったようだ。

面倒だから来ないってのは、そういうことか。

ペット探偵がバックドアを開けて荷物をつめ込むと、オイルが前のドアから運転席に乗ってアーオ、アーオと鳴く。

『おい、なんだお前。野良か？』

探偵が荷物を積む手をとめてオイルを外に出そうと前のドアに向かうと、あざ笑うように車の中を逃げ回った。その間に、荷物に紛れる。

ドキン、ドキン、と心臓が鳴った。こんなことをするのは初めてだ。だが、あっさりとバックドアは閉められ、ペット探偵と美咲は車に乗り込む。見知らぬ土地へと運ばれながら、俺は強く誓った。

チビ助。必ず見つけてやるからな。


初日。収穫はなかった。地域の野良猫に聞いたが、手がかりすらなかった。とっぷりと日が暮れ、夕飯のいい匂いが漂う住宅街の隅に集まって体力温存のために躰を休める。

「ところで、俺たちはどうやって帰るんだ？」

タキシードのひとことで、現実に立ち返った。テリトリーから大きく外れた場所は、匂いも空気も違っていて、落ち着かない。

「怖いっすよ～。ここのボスに見つかったら怒られるっすよ～」

後先考えずに来ちまったが、俺たちだってこんなところにいつまでもいるわけにはいかない。

「大丈夫だろう。明日また捜索するから、あいつについていきゃあ戻れる」

「ちぎれ耳さ～ん、一緒にいてください～」

「甘えるな」

聞き慣れない物音に、ふくめんはイカ耳になっていた。

「いいから寝ろ。明日も捜索続けるぞ」

俺たちは互いの存在がわかるところで丸くなり、一晩を過ごした。翌日、探偵の車が再びやってきて前日仕掛けた捕獲器を回収する。この地域の野良猫みたいな顔で近づくと『こいつを知らないか？』と喰い物をくれるので、そうやって腹を満たしながらチビ助を捜した。

探偵もチラシを配ったり聞き込みをしたり捕獲器を設置したりと、少しずつ場所を移動しながらの捜索を続ける。途中、雨が降ってきて自慢の毛皮が濡《ぬ》れた。雨宿りできる場所を求めて歩いていると、弁当屋の裏でゴミを漁る野良猫にでくわす。

白い薄汚れた猫だ。チビ助もこういった場所で飯にありついていればいいんだが。

結局、その日も収穫はなく、さらに翌日も同じだった。いい加減俺たちも歩き疲れ、もうチビ助は見つからないかもしれないと諦めの念に囚われそうになる。

だが、五日目の夜、それは突然訪れた。


いた。チビ助を見つけた。

後ろ姿を見た時、あいつが何も喰わずにひたすら歩いてきたとわかった。ヨロヨロとした足取りで、毛並みはボロボロ。随分弱っているようだった。

「おい」

「お、おじさん」

俺を見て安心したのか、チビ助はその場に倒れ込んだ。水も飲んでいないようで、荒い息をしている。

「僕、美咲ママのところに、帰るの」

「そうか、そうだな。美咲もお前を捜してるぞ」

「ほんと？」

「ああ、本当だ。立てるか？」

「うん、大丈夫」

チビ助は立ち上がろうとしたが、バランスを失って尻を地面についた。そのまま蹲ってしまう。せめて水が飲めたらいいが、近くには見当たらない。

「おい、見つかったのか？」

「タキシード、ふくめんは？」

「さっき会った。まだここら辺りを捜してるはずだ」

チビ助はもう一度立ち上がろうとしたが、無理だった。蹲ったまま一歩も動けない。そうしているうちに、ふくめんもやってくる。

「お前ら、こいつを見といてくれ」

俺は探偵の車まで戻った。朝停めたのと同じところにまだある。捜索中らしく、その姿は近くになかった。足を延ばしたのか、気配すらしない。

「くそ、どこだ？」

俺はアァアオッ、ァァアァオッ、と大声で呼んだ。この辺りのボスが喧嘩を挑んでくる危険はあるが、早くしねぇとチビ助の体力が持たない。

しばらくすると、ボサボサ頭が視界に飛び込んできた。

『どこだぁ～？　なぁ～んかおかしな声で鳴いてやがるな』

ペット探偵は、猫が身を隠せそうな場所を覗き込みながら戻ってくる。そうだ。こっちだ。俺だとばれないよう気をつけながら誘導する。一段と大きな声をあげると、ようやくチビ助の存在に気づいた。駆け寄って写真と見比べ、美咲に連絡する。

『この子猫で間違いないですか？　ああ、よかった。これから連れて帰ります。慌てると事故に遭うので、あなたもゆっくり帰ってきてください』

電話を切るとチビ助をそっと抱きかかえ、そろそろと車まで歩いていく。

『まさかお前が鳴いたのか～？　すごい声だったぞ。偉かったな。こんなに遠くまで歩いてきたのか。すぐに連れて帰ってやるからな～』

車に戻ると、チビ助は水とペースト状のおやつを与えられた。ゆっくりと喉を潤し、おやつを食べ、二本目を催促する。もう大丈夫だろう。

「これでひと安心だな。ところでどうやって車に乗り込む？」

そうだ。その問題があった。

「来た時はオイルが囮になってくれたっすけど」

またもやピンチだ。

「やばいぞ、ちぎれ耳。俺たち置いていかれるぞ」

「どどどどどどうしたらいいんすか！」

覚悟した。ここは俺が犠牲になるしかない。こいつらはつき合ってくれただけだ。巻き添えにするわけにはいかない。

「今度は俺が囮になる。その隙にお前らが乗り込め」

「えっ、でもちぎれ耳さんが……っ」

「俺は自力で戻る。大丈夫だ。帰巣本能がある。帰り道もわかる。……多分、な」

覚悟をし、オイルと同じ手で前の座席に乗り込むとペット探偵の気を引いた。

『おい、お前、どこの猫だ？』

バックドアを開けたまま、俺を外に出そうと近づいてくる。

今のうちだ。俺に気を取られている間に早く乗れ。

タキシードたちが無事に荷物に紛れたのを見計らい、車から飛び出した。バックドアを閉めに行く探偵を見て諦める。やっぱり駄目だ。俺は間に合わない。車に乗り込むチャンスはもうない。何日かかるかわからないが、歩いて帰るしかなかった。

もしかしたら、こいつらには二度と会えないかもしれない。

そう思うと、少し感傷的な気分になった。ＣＩＧＡＲ　ＢＡＲ『またたび』で過ごしたこいつらとの日々が、走猫灯《そうにゃとう》のように浮かぶ。

その時だった。

荷台のキャリーケースの中で、ニャアァァオオン、ニャァアーォォオオンッ、とチビ助が鳴いた。すごい声だ。妖怪じみている。

『お、おい。どど、どうしたっ！　具合悪いのかっ？』

血相を変えた探偵が慌てて様子を見に戻った。再びバックドアを開ける。前のドアも開けたままだ。今ならいける。飛び込んだ。

『なんだよ、脅かすなよ。急に具合が悪くなったかと思ったぞ。さっきの猫が怖くて今頃興奮したのか？　悪そうな顔してたもんなぁ』

何が悪そうな顔だ。失礼な。

バタン、とバックドアが閉まると、見つからないよう荷台のほうへ移動する。無事にあいつらと一緒に荷物に紛れた。

やるじゃねぇか、チビ助。機転が利く。

さすがに今回ばかりは焦った。喧嘩には自信があるし、新たにこの土地で自分のテリトリーを作ることもできるが、俺はあの住宅街が気に入ってんだ。晴れるとよく日が差すお気に入りの場所はあるし、口は悪いがスルメを放ってくれる婆たちもいる。大きな道路を渡って行けば、気持ちを明るくしてくれる嬢ちゃんもいる。

何よりマスターのまたたびは、あの店でしか味わえない。一度覚えた味を忘れるなんて俺には無理だ。

「よかったっす」

ふくめんの声に、ペット探偵が『ん？』と声をあげた。慌てて口を噤《つぐ》む。

『ま。いっか』

エンジンがかけられて車が走り出すと、俺たちは無言で運ばれていった。


車がアパートの前に停まった時、日はとっぷりと暮れていた。まん丸の月は薄雲に覆われているが、光が強いのか影絵のように浮かんで見える。心地いい風が吹いていた。

ドアが開いてチビ助が運び出されると、隙をついて外に飛び出した。

アパートでは仕事から帰った美咲が待っている。数日ぶりの再会を三匹で眺めた。

「美咲ママッ、美咲ママーッ！」

『よかった、見つかって！　すごく心配したんだから……っ！』

美咲がキャリーケースからチビ助を出してギュッと抱き締めると、チビ助もゴロゴロと喉を鳴らしながら美咲に甘えた。いい光景だ。

『水分取っておやつ食べさせたら元気になりました。一応、獣医に診てもらったほうがいいと思いますけど、今日は住み慣れた部屋でゆっくり過ごさせてやってください』

『ありがとうございます。本当に、なんてお礼を言ったらいいか』

ぐす、と洟《はな》を啜《すす》る音が聞こえた。

『どうして脱走なんかしたの？　幸せになれるのよ？　たくさんかわいがってくれる人のところで暮らせるの。私のところなんかより、ずっといい思いができるのよ』

「僕は美咲ママがいいっ。美咲ママと一緒がいいから逃げてきたんだよ」

『ね、新しいおうちもすぐに慣れるから、次は逃げ出したりしないでね』

また里親のところに連れていくつもりか。

俺は気持ちが沈んだ。夜を皓々《こうこう》と照らす月も、流れる雲に少し機嫌を損ねている。

「やっぱり連れていかれるんっすか？」

「俺たちの苦労が台無しだな。あいつ、また脱走するぞ」

頼むから、わかってやれ。チビ助のあんたを想う気持ちに気づいてやれ。次に脱走したら、今度こそ見つからないかもしれない。

『すみません、ちょっといいですか？』

『あ、はい。捜索費用のことですね』

『いいえ、そういう話じゃなくて、里親のところに連れていったら、そいつはまた脱走しますよ。多分ね』

ペット探偵の言葉に、俺たち三匹は顔を見合わせた。

『そいつは明らかにここに帰ってこようとしてました。だから、脱走したところから離れた場所で発見したんです。やっぱり手放すしかないですか？』

美咲は悲しそうな顔をした。保護団体の人間に言われたことを気にしているのだろう。自分には猫を飼う資格はないと言い、唇を噛んだ。

『なるほどね。まぁ、ペットは金がかかります。でもね、言い出すとキリがないんですよ。金をかけようと思えばいくらだってかかりますから』

『確かにそうですけど』

『あなたを見てると、猫のことを一番に考えてる。自分より猫を優先できるなら猫を飼う資格はあると思うんですよね、俺は』

なんと。

まさかこの毛繕いすら満足にできないボサボサ頭の男が、嬢ちゃんと同じことを言うなんて驚きだ。

「僕、高いカリカリなんていらないよ。ペースト状のおやつも我慢する。お留守番もね、寂しくないよ。美咲ママの匂いがついたお布団はね、とっても気持ちいいんだ。だから美咲ママがいなくても、いつもお部屋で楽しくしてるよ！」

チビ助の必死の訴えに、美咲は揺らいでいるようだった。

『私にも猫を飼う資格がある……？』

俺たちは成り行きを見守っていた。あれだけの苦労をしたんだ。どうせなら、完璧な大団円ってのが望ましい。

その時、一階の部屋から中年の女が出てきた。

『こんばんは～』

『あ、こんばんは大家さん。すみません、外でうるさくして』

『いいのよ。あらまぁ、怪我した猫ちゃんね。随分元気そうじゃない』

大家は美咲に抱かれたチビ助を覗き込んだ。

『ごめんなさい。話がちょっと聞こえたんだけど、この猫、里子に出しちゃうの？』

『え？』

『だってそんな話してたでしょう？　脱走したって。これだけ懐いてるなら手放したくないんじゃない？』

『そうなんですけど、ペット可の物件は高くて……』

『ここで飼う？　家賃そのままでいいわよ』

突然のことに、俺は自分の耳を疑った。美咲も聞き違いじゃないかという顔で、ぽかんとしたまま動かない。ペット探偵もだ。

『なんだかね～。たかが猫一匹だと思ってたけど、あなたがあちこち走り回ったりして一所懸命なのをずっと見てるとね、応援したくなっちゃった。それに知ってるのよ、私』

大家はふふ、と笑い、重要機密でも漏らすように声をひそめる。

『あなた、アパートの周辺やゴミ置き場の掃除をしてくれてるでしょ？』

美咲はすぐに答えなかったが、観念したようにおずおずと白状する。

『えっと……はい。特別に猫を部屋に入れさせてもらってるお礼と思って』

『もう、黙ってることないのに。実は前の住人が本当にひどくてね。きちんとした人が住んでくれるなら、多少の条件は譲ってもいいいと思ってたところなのよ』

『えっ、いいんですかっ！』

大家はしっかりと頷いた。美咲の顔に、ひまわりが咲いたような笑みが浮かぶ。

『ねぇ、ここで飼っていいんだって。このまま私のところにいてくれる？』

「美咲ママがいい。一緒がいい。どこにもやらないで！」

言葉は通じなくても、チビ助の訴えがわかったのだろう。ぎゅっと抱き締める。

そうだ。高級な飯やおやつ、贅沢な住処よりもずっと魅力的なものがある。この小さなチビ助は、それを見つけちまったのだ。手放しがたい美咲というぬくもりを。

『なんか一件落着したみたいで。じゃあ、俺はこれで。あとで請求書を送ります』

『はいっ、本当にお世話になりました』

チビ助を抱いた美咲が何度も頭を下げて部屋に戻るのを、いい気分で見送る。

「ふぅ、やっと解決だな。お前に関わるとろくなことにならない」

「お前らが勝手についてきただけだろうが。だけど、助かったよ」

「なんだか一つ大人になった気分っすよ。俺たちの冒険をオイルに教えてやろうっと」

その時、帰ろうとしていたはずのペット探偵が俺たちを見ていることに気づいた。しまった。話に聞き入りすぎて、身を隠すのをおろそかにしていた。

『お前ら、あっちにもいなかったか？』

ギクリ。

『やたら似た猫が多いと思ったんだが……まさかなぁ』

じっと眺められ、視線を逸らした。鼻鏡が乾き、ペロリと舐める。

『タキシード柄の猫もいたぞ。今回の捜索で何度か見たんだよなぁ』

明後日のほうを見るタキシードの目は、泳いでいた。

「お前、まさか何度も地域の猫のふりしておやつねだったんじゃねぇだろうな」

「腹が減ってたんだ。チビ助の捜索を手伝ったんだから、そう固いことを言うな」

こいつがそんな喰いしん坊だったとは。もう少し理性的と思っていたが、買いかぶりすぎていたようだ。

『ふくめん被ったみたいな綺麗な白黒のハチワレ柄もいたんだよなぁ』

「お前まで……っ」

「だだ、だって……おやつ美味しいっすよ。お腹空いてたし」

「何回ねだった？」

白状しろと迫ると、ふくめんはその味を思い出したのか、少し嬉しそうに鼻鏡を紅潮さえながらケロッとした顔で言う。

「えっと……全部で七回?」

「七回もねだるやつがあるか!」

軽い猫パンチを喰らわせてやった。まったく、どいつもこいつも。

『ま、いっか』

探偵はニヤリと笑い、車に戻っていった。何が言いたげな面が気になるが、車の赤いランプが闇に消えるとどうでもよくなる。

「なんだよ、やっと帰ってきたのか」

声のほうを見ると、こちらに向かってくるサビ柄が目に飛び込んできた。

「オイル! 迎えに来てくれたんっすか!」

「ばぁ〜か、心配してるのはマスターだよ。だから様子を見に来たんだ。またたびの熟成がおろそかになったら俺も困るしな。ほら、行こうぜ」

相変わらずの生意気小僧が、懐かしくすらあった。今回は長い旅だった。

ご機嫌な様子で仲よく前を歩くオイルとふくめんを眺めながら、無事の帰還を祝うべくCIGAR BAR『またたび』に向かう。夜風が心地いい。

「なぁ、ちぎれ耳」

「なんだ」

「お前、さっきあのチビに聞いてたことだが」

草むらの中で虫がリィィイ、リィィィイ、と鳴いた。季節外れの鈴虫だろうか。

「あいつ、やっぱりもしかして……」

「違うよ。あんな甘ったれが俺の息子のわけねぇだろうが」

言いながら、俺はたった一度だけ見た光景を思い出していた。

春先に俺の子を宿した牝が、子供を三匹連れて歩いていたのを。そしてその中に、俺と同じ柄のチビがいたことを……。

だから俺は車で帰る途中、チビ助に聞いたんだ。お前を産んだ母ちゃんは、どんな猫だったのかってな。尻尾がポキッと折れた丸顔の猫だったとチビ助は言った。

一度だけアパートを振り返り、自分の想いを残した。

なぁ、チビ助。無事に生き残ったんだ。幸せになれよ。絶対に、幸せになってくれ。

心地いい風が吹き、俺たちを見下ろす月が薄雲の向こうから完全に姿を現した。いいお月さんだ。気分がよくなった俺は、マスターの待つ店に思いを馳《は》せた。

さて、久し振りのまたたびは、何を吸おうか。

第五章

さよなら、あんこ婆さん

紅葉した山のような立派な猫背。もくもくと煙を吐く姿を後ろから見ると、俺はいつも山火事を連想しておかしくなる。

猫又でもなければ幽霊でもない。

この不思議な婆さんが、なぜここにいるのかわからないが、すっかり俺たちの日常の一部になっている。

「オイルの小僧、背中を揉《も》んどくれ」

「なんだよ、命令するってのか?」

「あんたたちがあたしを頼ってきたんじゃないか。チラシの字を読めるのはあたしだけだよ。読んで欲しければ、猫背揉みくらいして欲しいもんだね」

めずらしくオイルとふくめんがボックス席にいた。あんこ婆さんの前に座り、何やら興味深そうに身を乗り出している。テーブルの上には、チラシが置かれていた。

「チッ、仕方ねぇな」

生意気なオイルは不満そうにしながらも、あんこ婆さんのほうに移動し、渋々と背中をふみふみし始める。あいつがあんな真似するなんざぁ、滅多にない。

「あー、いいね。もう少し強く揉んどくれ。そうそう、そのくらい」

「いいから早く読んでくれよ。もったいぶんなって」

「わかってるよ。えー、何なに。無料サービスだって。ご来店のうえ太陽光発電をご検討頂いた方にもれなく、お父さんお母さんにはからあげ五個入りパック、お子様にはお菓子のつめ合わせを差し上げますって書いてあるよ」

「ほら、やっぱりからあげ配るんっすよ！」

ふくめんが鼻鏡を紅潮させた。

からあげは、俺たち野良猫の間でもよく知られるご馳走《ちそう》だ。テーブルのチラシを改めて見ると、そこにはこんがりと揚がった旨そうなからあげの写真が載っている。ふくめんはこれを見て、自分もご相伴にあずかれると思ったのだ。

「何喜んでるんだい。こんなのは人集めの餌さ。うっかり近づくと、こいつらの口車に乗せられて高い代償を払わされることになるよ」

「えー、でも無料って書いてあるんっすよね」

「その無料ってのが曲者なのさ。千香《ちか》ちゃんのお母さんがよく言ってたもんさね」

「やっぱりな。そもそも俺たち野良猫がからあげ貰《もら》えるわけねぇんだよ。人間がケチなのはわかってんだろ？　ふくめん、お前本当にアホだな」

「え、でもお裾分けしてくれるかもしれないっす」

「ああいうのは、買い喰《ぐ》いとか弁当喰ったりしてる最中の人間とかが気まぐれにくれるもんだぜ？」

がっかりするふくめんに、オイルが冷めた視線を送る。俺たちはそのやり取りをカウンター席で聞いていた。

「ボス的存在だな」タキシードが唇の間から紫煙を燻《くゆ》らせながら言う。

「ああ、もうこの辺を仕切ってるっていっても過言じゃねぇな」

「ちぎれ耳、タキシード。聞こえてるよ」

俺たちは肩を竦《すく》める。

マスターは常連たちのやり取りを前に、繰り返される日常に笑みを浮かべた。俺の視線に気がつくと、噛《か》み締めるように言う。

「いえ、なんだかね、ここに店を構えてよかったと思いまして」

「そりゃこっちの台詞だよ。マスターのおかげで、俺は旨いまたたびにありつける。感謝してるよ」

「ちぎれ耳の言うとおりだ。マスター、いつまでも店を続けてくれ」

俺たちは普段は口にしない言葉を差し出した。少々居心地が悪いが、マスターが喜んでくれるならこうするのもいい。

いつまでも。

この言葉がいかに曖昧で頼りないのか――。

俺はこの時、信じていたんだ。あの婆さんが無敵で、怖いもの知らずで、マスターのようにいつまでもここにいると。

いい季節になった。

ぽかぽかした陽気が俺たち外で生きる猫をいたわってくれる。新緑はみずみずしく、雑草の間に身を隠すトカゲも丸々と太っていた。

「おい、なんだお前。やんのか？」

散歩途中だった俺は、花壇の花にいるカマキリと対峙《たいじ》していた。この春生まれたばかりなのだろう。まだ小さい。だが、いっちょまえに鎌を持ち上げ、尻を反り返らせて俺を威嚇していた。自分を大きく見せようというのか、左右に躰《からだ》を揺らしている。

「俺に敵うわけねぇだろうが」

鼻先を近づけて匂いを嗅ごうとすると、奴は攻撃を仕かけてきた。

「おわ！」

鎌の先が鼻鏡を掠《かす》める。おいおい、そんなちっぽけな鎌じゃ傷一つつけられねぇってのに、随分と気性が荒いじゃねぇか。命がいくつあっても足りねぇぞ。

小さな戦士の勇気に敬意を表して、俺はすぐさま身を引いた。

「ふん、とりあえず匂いつけとくか」

花壇に小便を引っかけてその場をあとにする。いい日向を見つけ、春の日差しを浴びながら自慢の毛皮を干していると、オイルが俺に近づいてきた。

「なぁ、おっさん。あんこ婆さんが最近元気ねぇの気づいてるか？」

「何かあったか？」

「わかんねぇから聞いてるんだろ？　アホか」

相変わらず口が悪いが、あんこ婆さんを心配するこいつの気持ちは十分伝わってきた。ふくめんと同じように婆さんを慕っているのがわかる。素直じゃないだけだ。

めずらしく神妙な面持ちのオイルに、俺は本気であんこ婆さんが心配になってきた。こいつがこんな顔をするなんざぁ、普通じゃねぇ。

「元気がないって、具合が悪そうってことか？」

「そういうのとも違うんだ。考えごとしてるっていうか、俺が挑発しても乗ってこなかった。前なら生意気だって返される言い方しても、全然反応しねぇし」

「ふくめんは気づいてるのか？」

「あー、駄目駄目。あいつ鈍感だから」

噂《うわさ》をすればなんとやらで、朝日の昇るほうから尻尾を立てたハチワレが近づいてくるではないか。

「ちょりーっす！　いい天気っすね！　春真っ盛りっすね！」

「なんだ、ふくめん。やけにご機嫌じゃねぇか。挨拶はいいぞ」

「も～、ちぎれ耳さんは冷たいんだから～。オイル、ちょりっす！」

「フガッ」

餌食になったオイルを一瞥《いちべつ》し、軽く鼻を鳴らす。

「今話してたんだがな……」

あんこ婆さんの話をすると、ふくめんは目を丸くした。紅潮ぎみだった鼻鏡の色味がさっと引き、ヒゲが下を向く。

「具合が悪いんっすかね？　そういえば……最近あんまり怒られないっす」

「な？　言っただろ？　やっぱりあの婆さん、おかしいぜ」

こいつは一大事だ。タキシードの奴は気づいているだろうか。

「俺たちが聞いても、こんな若造相手に悩みなんて打ち明けねぇからな。こういうのはおっさんの役目だぜ？」

だぜ？　なんて軽い口調で言ってるが、探ってきて欲しいという気持ちがにじみ出ていた。生意気な小僧だが、案外いい奴だ。いつも反抗的な態度を取るこいつを嫌いになれない理由は、こういうところにあるんだろう。

「わかった。任せろ」

春の陽気のおかげで、あんこ婆さんを探して歩くのも苦じゃなかった。地面から伝わってくるのは、俺たちの命をおびやかす冷気ではなく、生命の息吹だ。お節介を焼く気持ちにも力が入る。

あんこ婆さんはすぐに見つかった。空き地の隅にできていた日だまりの中にポツンといる。何をするでもなく、ただぼんやりと躰を横たえて遠くを見ていた。

「よぉ。あんこ婆さん。元気か？」

いつもの猫背の隣に腰を下ろし、毛繕いを始めた。前脚を舐《な》め、耳の後ろから顔まで丹念に毛を整える。蝶々《ちょうちょう》が飛んできて、俺たちの前をヒラヒラと舞った。

いかん、こいつの相手をする暇はないってのに。

蝶々ってのは厄介だ。本能を刺激される。喰ってもあまり旨くないってのに、つい飛びかかりたくなるのだ。すっかりおっさんになった俺ですら、こうもヒラヒラやられると疼《うず》いてしょうがない。

「なぁ、あんこ婆さん。無視、するなよ」

「ああ、悪かったね。なんだい、ちぎれ耳かい」

「何っ、ぼんやりっ、っと、してるんだっ！　よっと！　おいこら待て！」

思わず飛びかかり、躱されると躰を翻してジャンプした。あとひと掻《か》き。微かに肉球に触れた蝶々の翅《はね》は、俺をさらにその気にさせる。

「最近っ、元気がっ、ねぇって！　オイルたちがっ、心配っ、――おっしゃ！」

俺は蝶々を地面に押さえ込んだ。

この野郎。おとなしくしやがれ。

思わず喰っちまったが、やっぱり不味い。翅を吐き出したが、口の中に粉っぽいもんが残っている。そうだ、こいつを喰うとこうなるんだ。なぜ学習しない。

「あー、くそう。またやっちまった」

毛繕いで心を落ち着けると、再びあんこ婆さんの隣に腰を下ろした。ガキっぽい俺の行動も婆さんの目には入っていないらしく、ぼんやりしている。

普段なら「はしゃぐんじゃないよ」なんて呆《あき》れられるところだが。

「なぁ、あんこ婆さん。いったいどうした？」

改めて聞くと、あんこ婆さんはしばらく考え、前を見たままうわごとのように言った。

「千香《ちか》ちゃんが結婚して遠くに行くんだって」

ため息とともに漏らされたのは、もと飼い猫ならではの悩みだ。

俺はガラス玉のように透き通った婆さんの目を眺めていた。飼い主への情愛に満ちたそれは、俺たちが喜ぶ春の景色に一枚薄雲をかけたように、暗い影を落としている。

「今までは触れ合うことはできなかったけど、それでも傍にいられた。あたしへのお供えものも欠かさずしてくれるし、写真に話しかけたりしてくれるんだ。それを見てると、千香ちゃんに飼われていた頃に戻ったような気になってねぇ」

懐かしそうに目を細めるあんこ婆さんに、飼い猫の醍醐味《だいごみ》ってのを教えてくれた時のことを思い出した。

『優しく語りかけてくる人間の手はね、お日様よりずっと心地いいのさ』

俺にも少なからず心を許した人間がいるだけに、どんな気持ちか想像しただけで胃にたまった毛玉を吐き出せない時のような苦しさに見舞われる。

「自分が何者かわからなくても、それだけで十分だったんだけどねぇ」

「ついていきゃいいじゃねぇか。何をそんなに迷ってる？」

あんこ婆さんは俺をチラリと見て、これだから……、と言いたげにため息をついた。

「だから飼い猫になったことのないあんたは駄目なんだよ」

あんこ婆さん曰《いわ》く、長年住み慣れたこの場所を離れたくはないし、マスターのまたたびは美味しい。そして何より、何者かわからない自分がついていっていいのかという思いもある。

「今はこんなふうに思慮深くて賢い猫だけどさ……」

自分で言うか、と即座に突っ込むと、あんこ婆さんは寂しく笑ってこう続けた。

「いずれ化け猫のようになって理性を失いやしないかって思うのさ」

この逞《たくま》しい婆さんでもそんな不安を抱えていたなんて、驚きだ。だがよく考えてみると、自分が何者かわからないってのはそれだけ恐ろしいことなのだ。

「今も化け猫みたいなもんだろう」

「言うねぇ」

クックッ、と笑ったが、山の間に落ちた夕陽と同じで、一度沈んだ気持ちはもとに戻りそうにない。

「たとえば千香ちゃんがあたしの死を乗り越えて新しい猫を迎えた時、嫉妬に狂って呪ったりしないかとかね。何せ相手は猫好きの男らしいからさ」

その男の話は、あんこ婆さんがこんなふうになる前に聞いたことがある。千香が時折匂いをつけて帰ってくるのだと。そうか、そいつと結婚するのか。

「違う土地に行って、新しい生活を始めて、新しい猫を迎えて、あたしと暮らしてた頃とはまったく違う日常を送るようになったら、あたしは理性を保てるかねぇ」

「保てるだろう。今だってこんなに相手のことを想ってるんだ。それに、わざわざ三毛の子猫を探して斡旋《あっせん》しようとしただろう。忘れたのか?」

あの時は大変だった。この婆さんの我が儘《まま》につき合わされ、斡旋用の子猫を探してきたのだから。

本当に無茶を言う婆さんだ。呆れる。

「忘れちゃいないさ。あの時は必死だったからね。でも、こんなに長い間、千香ちゃんがあたしのことを想ってくれてると欲が出ちまうのさ。自分の存在が不確かである以上、あたしが安全だとは断言はできないんだよ」

悩みの深さを感じ、何を言っても気休めにしかならないとわかった。千香を想う気持ちが本物だからこそ、俺の言葉は届かない。

「ねぇ、ちぎれの小僧。頼みがあるんだけどねぇ」

「なんだ?」

「もしあたしが妙な存在になって悪さを始めたら、みんなであたしをとめておくれ」

「とめるってどうやって?」

「さぁね。消滅するようなお祓《はら》いをしてもいいし、あたしをこの土地から追い払ってくれてもいい。お前たち全員でかかればなんとかなるだろう?」

「簡単に言うな。命懸けじゃねぇか。でもまぁ、あんたがそう言うなら全力でそうしてやるけどな」

俺は約束した。どうやればいいかなんてわからない。だが、約束してやりたかった。

しおらしい態度に、あんこ婆さんの千香への想いがどれだけ深いか見せつけられたのだ。それを汲《く》んでやりたいってのは、牡《おとこ》として当然のことだ。

生きてるのか死んでるのかすらわからない存在のあんこ婆さんは、自分だけが取り残されたような顔でいることが多くなった。大好きな相手の幸せを心から祝ってやれない不甲斐《ふがい》なさなのかもしれない。

その日、俺はよく行く個人商店に立ち寄った。今日も婆どもが集まって、モグモグと何かを喰いながらおしゃべりしている。いつものようにスルメをいただき、少し粘ってまんじゅうの切れ端を貰った。これ以上いいものが出てきそうにないと判断して帰ろうとすると、塀の上にあんこ婆さんの姿を見つける。

その視線の先にあるのは、以前、飼われていた家だ。あの頃からウッドデッキでよく日向ぼっこをしていたっけ。

何をそんなに真剣に眺めているのかと思うと、人間の声が聞こえてくる。

『ねぇ、千香。それも捨てるの？』

『うん、引っ越しまでにできるだけ荷物片づけとこうと思って』

『あんこちゃん愛用の座布団と最後に使ってたブランケットは取っておくのね。そっちは干してるんでしょ？』

『もちろん捨てられないよ。新居に持っていきたいんだけど、あんこちゃんのお気に入りの場所に置いたままがいいのか、ちょっと迷ってて』

『そうねぇ、どっちがいいかしら』

二人は楽しそうに笑いながら、ウッドデッキに腰を下ろした。肩を並べ、のんびりと空を眺める。

『あなたとこうしていられるのも、あと少しね』

『ほんと。落ち着いたら、お母さんたちも新居に遊びに来て。海が近いから、夏になったら海水浴行こう』

『えー、お母さんもう水着を着られる歳じゃないわ』

『でも、孫ができたら一緒に遊ぶでしょ。水着の上からTシャツとか着れば大丈夫よ』

二人を見るあんこ婆さんに、声をかけられなかった。あんなふうに親子で会話しているのを、以前も聞いていたのだろう。こうなる前なら二人の会話に加わることもできただろうに、今はせいぜい眺めているだけだ。

寂しさが滲《にじ》む背中が、いつもよりずっと小さく見えた。

『千香、最近元気がないみたいだけどどうしたの？　もしかしてマリッジブルー？』

『違う違う。全然。新婚生活にわくわくしてるくらい。でも……』

千香はブランケットに触れ、懐かしそうに目を細めた。あんこ婆さんと同じ憂いが、その表情に浮かんでいる。

『お母さんやお父さんとはこれからいくらでも新しい想い出を作れるけど、あんこちゃんとの想い出はここで作ったものしかないんだなぁって思ってたら、家を出ていくのが寂しくなっちゃって』

千香はあんこ婆さんにするようにブランケットを抱き締め、ため息をついた。それに誘われるように、風が吹く。

新しい想い出を作れない。

それは『死』によってわかたれたのと同じだった。あんこ婆さんがどんな存在なのか不明だが、触れ合いたくても境界を超えることができないのは確かだ。

どれだけ想いが強くても、交じわらない一人と一匹。

自分の話をされたのが嬉《うれ》しかったのか、あんこ婆さんは立ち上がって塀から飛び降りると、千香のところへ向かった。尻尾がピンと立っている。

あんなふうに無防備になるなんて、めずらしい。

『ねぇ、お母さん。あんこちゃんが来た時のこと覚えてる?』

『もちろんよぉ。まだ小さくて、あなたものすごくかわいがってたもんね～。すっかりお婆ちゃんになって、あんこちゃんと一緒に成長したみたいなものよね。あなたの成長の想い出には必ずあんこちゃんがいるもの』

『あんこちゃんと寝るの毎晩楽しみでさ、林間学校で外泊する時は寂しかった』

『そうそう。連れていきたいって言ってたものね。あんこちゃんも千香がいないのにベッドで待っててね、千香は明日まで帰らないからおいでって言っても来てくれないのよ。たまにはお母さんが抱っこして寝たかったのに！』

『あははは……。そうだったね。それ聞いて、もう絶対旅行しないって思ったもん』

千香の口から語られる想い出は、その心に優しく響いているだろう。大事に取ってある宝物は、いつまでも色褪《あ》せない。

『あと一回でいいから、あんこちゃんに会いたいなぁ』

あんこ婆さんは千香の躰に擦り寄り、匂いを嗅いでゴロンと横になった。置かれた千香の手を前脚でたぐり寄せるように、ぎゅっと抱きついてじゃれつく。何度も何度も鼻先や耳の後ろを手に擦りつける姿は、普段の態度からは想像できない。

さらに、膝に乗って後ろ脚で立つと千香と鼻の挨拶をした。

大好きよ、千香ちゃん。千香ちゃんのことが大好き。

不思議なもんで、俺たち猫が鼻と鼻をくっつける挨拶は、人間同士が愛情を示すキスに似ている。まさにあんこ婆さんは、種族も性別も超えた愛情を千香に抱いているのだ。

ひとしきりそんなふうに気持ちを示すと、膝から降りて隣に置かれている座布団に横になる。背中が千香の膝に触れていた。べったりとくっついていなくても、ああして躰の一部が触れることで俺たちは安心する。

尻尾の先。前脚。背中。

そのどこでもいいのだ。ほんの少しでいいから、触れ合って感じられたらいい。

『今日みたいな日にここで日向ぼっこしてるとさ、時々あんこちゃんがいるような気がする時があるんだ〜』

『いつもここにいたものねぇ』

いるんだよ。今、そこにいるんだ。あんこ婆さんはあんたのすぐ傍で、あんたの声を聞いて、いまだ自分を忘れないでいてくれるあんたの傍でまどろんでいる。

伝えられたらどんなにいいだろう。

もどかしかった。いくら爪を出して掻いても取れない汚れのように、切なさは俺の心にこびりついて剝がれない。

どうしてあんこ婆さんは、猫又でもない、幽霊でもない、あやふやな存在になっちまったんだろう。愛する者を眺めていることしかできないまま、存在し続けるのだろうか。

『そろそろ夕飯の買い出しにいかなきゃ。千香は何食べたい？』

『う〜ん、ちょっと食欲なくて』

『どうしたの？　風邪？』

『ううん、仕事忙しかったから胃腸が弱ってるだけだと思う。今日はうどんとか雑炊とか軽いものがいいかな』

二人が家に戻ると、あんこ婆さんはポツンと残された。ブランケットに鼻先を埋めて丸くなる姿に、深い愛情を感じる。ああして匂いを嗅ぐのが精一杯なのだ。

風に乗ってきた濃い花の香りが、俺の鼻鏡をくすぐった。

世の中は春爛漫《はるらんまん》で、どこを見ても歓喜に満ちている。希望に溢《あふ》れている。新しい命が次々と誕生する中で何者にもなれないあんこ婆さんだけが、静かに想い出の奥に蹲《うずくま》っているだけだ。


さらに季節は巡った。

勢いづく命の営みは弱った者を圧倒するほど力強く、加速していく。あんこ婆さんだけが、いつまでも同じところから一歩も動けないままだ。何をしてやれるでもなく、俺たちはそれぞれの日常を謳歌《おうか》しながらも、行く末を見守っている。

いつか、何か、きっと変わるだろうと期待して。

そんな矢先のことだった。あんこ婆さんが呆然《ぼうぜん》とした顔でCIGAR《シガー》 BAR《バー》『またたび』のドアを潜ったのは。

「いらっしゃいま……せ」

マスターの驚いた顔を見て、カウンター席にいた俺たち常連は一斉に振り向いた。ゴクリと唾を呑《の》み込む音がシンクロする。燻らせた紫煙以外、動くものはなかった。

「どうした？」

俺がなんとか絞り出すと、店にやってきたあんこ婆さんは、亡霊のような立ち姿で俺たちを見た。

「ち、千香ちゃんが……病気に、なっちまったよ」

目を泳がせ、まるで子猫のように震えている。マスターが慌てて駆け寄っていつものボック席に座らせたが、普段からは想像もつかないほど、憔悴《しょうすい》しきっている。

「病気ってなんの病気だ？」

「それが原因不明だって。あたしのせいかもしれない。あたしみたいなのが傍にいるから、もしかしたら生気を吸い取っちまったのかもしれない」

「そうと決まったわけじゃねぇだろ。まず落ち着け」

俺はマスターに目配せした。こういう時にはまたたびだ。マスターは店の奥から『コイーニャ』を運んでくる。

あんこ婆さんは出てきたまたたびをしばらくじっと眺めていが、ため息を一つ零し、シガー・マッチを擦った。長い時間をかけてそいつを眠りから覚ます。

だが、マスター自慢の逸品もあんこ婆さんの心を落ち着かせることはできなかったらしい。いつもなら目を閉じて味わうところだが、一口も吸わずに震える前脚でそれを灰皿に置く。

「どうしたら千香ちゃんの病気が治るんだろう」

あんこ婆さんは毛繕いを始めた。前脚を舐め、耳の後ろから顔にかけて綺麗《きれい》にする。肩や胸元を舐めるのも忘れない。思い立ったように脇腹の手入れを始めたが、それでも落ち着かないらしく、ひととおり毛繕いを終えても尻尾の動きは変わらず、ソファーをトントンと叩いていた。

「早くなんとかしないと、千香ちゃんが死んじまうよ」

苦悩するあんこ婆さんに、誰も声をかけられなかった。牡が何匹揃《そろ》っても、なんの役にも立たない。俺たちよりずっと長い時間を生きてきたマスターですら困った顔をするだけで、いい案は浮かばないらしい。

「こうなったら、成仏するしかないね」

力の籠もった声に、獲物に逃げられた直後のように項垂れていた俺たちは顔を上げた。キラリと光ったあんこ婆さんの目には、先ほどと違って力が漲《みなぎ》っていた。すごみと言えばいいのか。強い決意ってのが、これほど恐ろしい色を放つとは。

「決めた。あたしゃ成仏するよ！」

「にゃ？」

間の抜けた声が、ニンニクの形に白く浮かんだふくめんの口元から漏れた。

「野郎ども見てな！　あたしは必ず成仏するからね！」

生き生きとした目に、これが成仏しようとする猫の目なのかと、全員が顔を見合わせた。

あんこ婆さんの決意の日から、俺たちの日常は慌ただしくなった。

「なぁ、本当にあんなんで成仏するのか？」

「わかんないっす。でも、そんな感じが全然しないっすよ。前よりずっと元気っす」

オイルとふくめんが、呆気に取られていた。話を聞きつけたタキシードも、俺の隣で唖《あ》然《ぜん》としている。

「生命力の塊みたいだな。あれじゃあ死神も逃げていくぞ」

遠巻きに見るだけで、誰も近づいて声をかけない。目的を達するまでやめそうにないあんこ婆さんは、俺たちの戸惑いをよそに果敢にチャレンジしている。

「とりゃーっ！」

婆さんはこの辺りで一番高い木に登って飛び降りた。あえて着地しようとせず、腹からびたーんと落ちるがまったくダメージを受けていない。諦めずに何度も繰り返したが、駄目だとわかると、今度は電線に向かってダイブする。

「おわっ」

俺が思わず声をあげるのと同時に、ビビビビッ、と音がした。『停電よ！』とどこから
か人間の声がしたが、あんこ婆さんは以前と変わらぬ姿のままだ。軽々と地面に飛び降り
て、平然とした顔で俺たちのところに戻ってくる。
「……全然ダメージ受けてないっす」
「黒焦げになると思ったんだけどねぇ」
ちょうど車が走ってくるのが見えた。息を呑むと、案の定、婆さんは車に飛び込む。
「あたしを轢《ひ》いておくれ！」
ゴーンと音がして、車は停まった。慌てた様子で中年の女と若い男が出てきて辺りを見
回す。だが、目の前で大の字になったあんこ婆さんは、人間には見えない。
『今何かぶつかったんだけど……。知己《ともき》、お母さん何か轢いたんじゃない？』
『なんもないよ。オッケー、車の下も大丈夫』
『なんだぁぁ〰〰〰、よかったぁぁ〰〰〰。子供が飛び出してきたのを見落としたのかと
思ったじゃないのぉぉぉぉ〰〰〰〰〰〰』
心底ホッとした表情で車に戻る人間を見て、少々気の毒になる。大迷惑だ。
「車ってのもアテにならないねぇ。まったく、軟弱なんだから」
「車が軟弱じゃなくて、婆さんが強すぎるんだろ？」
「なんだって！　オイル！　もういっぺん言ってみな！」

ものすごい形相にさすがのオイルも背中の毛がツンと立った。

あんこ婆さんは本気だ。

また、別の日にはため池に行き、窒息を試みた。放っておけばいいのに、気になって常連たちが集まってくる。俺も例外じゃない。最期を見届けてやりたいって気持ちになるほど、このところの婆さんは気迫に満ちていたのだから……。

「お前ら邪魔するんじゃないよ。見てるだけだからね！」

「ああ、わかってるよ」

「達者でな」

俺とタキシードが声を揃えると。小さく頷《うなず》いてから走っていき、ドボーンと飛び込んだ。ぶくぶくと泡が立つ。俺たちは息を呑んで水面を見ていた。泡は少しずつ消え、しまいには何事もなかったかのように空を映し出す。雲がゆっくりと流れていった。

「死んだっすか？」

「さすがに死んだだろ？　水ん中だぜ？」

「さすがに死んだよなぁ、ってお前らよく平気でいられるな。おい、タキシード」

「見てくる」

タキシードが代表して様子を見に行く。恐る恐る、慎重に、ため池へと近づいていった。以前からあるそれは、今は何か恐ろしいものが棲《す》み着いているようにすら見える。

世間は昼下がりののんびりした空気で満ちてるってのに、ここだけは異様な雰囲気で不気味さを醸し出しているのだ。シン、とした中に、タキシードが草を掻き分けて進むカサカサという音だけが聞こえる。

その時、ザバーン、といきなり水の中から黒い塊が飛び出した。

「おわぁぁあぁぁぁあああ〰〰〰〰〰っ！　びっくりした――っ！」

タキシードが素っ頓狂な声をあげた。尻尾はもちろん、全身の毛が立っている。一回り大きくなったタキシードは、猫というよりタヌキだった。こいつのこんな姿を見るのは初めてだが、俺だって近くにいたらそうなっていただろう。

あんこ婆さんは少しもダメージを受けていないらしく、のっしのっしと歩いてくる。

「駄目だね。いくら水の中にいても全然苦しくならないよ」

全身ずぶ濡《ぬ》れのうえ、躰に藻やら何やらが絡みついているせいで恐ろしい妖怪にしか見えなかった。顔を覆う藻はどす黒い緑色をしており、その間から覗《のぞ》く目はギラギラと光を放っている。

「ま、まさに無敵の婆だぜ」

「怖いっす！　怖いっす！　あんこ婆さんってわかってても、お化けみたいでなんか怖いっす！」

ふくめんがオイルに抱きついた。いつもなら鬱陶しいと撥《は》ねのけるところだが、今日ばかりはぴったりと寄り添われてもじっとしている。さすがの生意気小僧も戦慄しているらしい。

あんこ婆さんは、他にどんな手があるかとぶつぶつ言いながら歩いていった。その後ろ姿は、まさに沼地に棲む妖怪だ。

「どうやったら千香ちゃんって子の病気が治るんっすかね？」

「俺に聞くなよ」

婆さんを成仏させるより、千香の病気を治す手段を見つけるほうが簡単じゃねぇかって気分になってきた。

あれは絶対に死なない。

それからさらに三日。いい加減諦めるだろうと思っていた俺は、自分の考えが甘かったと痛感する羽目になる。

その日は、日向ぼっこにうってつけの陽気だった。

「いいかい？　ユリの花を探してくるんだよ」

あんこ婆さんに呼び出された俺たちは、とんでもない命令に硬直した。全員に緊張が走る。ぞわっとして、尻尾の毛がわずかに立ったのが自分でもわかった。

ユリってのは、俺たち猫にとって猛毒だ。個体差はあれど、あれを喰って死んじまった猫は少なくないだろう。花粉を舐めたり吸ったりしただけでも命の危険にさらされる。

嘔吐《おうと》。目眩《めまい》。痙攣《けいれん》。中毒死は恐ろしい。

「まだユリの季節じゃねぇだろ。あれを見るのは、もうちょっと暖かくなってからだ」

俺は無理を言うあんこ婆さんをたしなめた。でもそれは言い訳で、思いとどまってくれないかと期待してのことだ。

「だけど最近暑いだろ。気候がおかしいんだ。ユリが咲いてたって不思議じゃない」

「まぁ、そうだが……もう少し考えてからでも……」

「つべこべ言うんじゃないよ、ちぎれ耳。ほら、みんなとっとと探してきな！」

意志は固かった。

全員が足取り重くユリを探しに行く。確かに、あんこ婆さんには随分世話になった。ユリを喰って成仏なんておかしな話だが、本猫《ほんびょう》が望んでいるのだ。ここは聞いてやるべきなのかもしれない。

まだ時期には少し早いらしく、そう簡単には見つからなかった。自分にとっても毒になる植物を探すのも、少々気が重い。

だが、オイルの奴が見つけてくる。

「駅前にあったぜ？」

「本当か？」

「花屋に置いてあるのを見た」

なるほど、花屋か。花は花屋。盲点だった。さっそくあんこ婆さんに報告に行くと、思いのほか冷静な反応をする。

「花屋にしかないのかい。花屋のユリはね、花粉が花びらを汚さないよう、あらかじめおしべを取るのさ」

「おしべってなんっすか？」

「毒の粉がついてる部分さ。まぁいい。ユリを生けてた水を飲んだだけで死んだって例もあるからね」

「えっ、そ、そんなに強烈な毒なんっすか？　俺、今まで何回も近くを通ったっすよ」

「まぁ、個体差ってのもあるからね。でも、千香ちゃんが絶対に家の中にユリは持ち込んじゃ駄目だって言ってたのをよく覚えてるよ」

あんこ婆さんが飼い主を語る時、いつもその口に乗るのは、婆さんへの千香の気遣いだ。それだけでも、本当に大事にされていたとわかる。

花屋に到着すると、あんこ婆さんは改まった態度で言った。

「あたしは人間には見えないからね。盗み喰いなんて朝飯前さ。じゃあ、行ってくる」

ユリの花はバケツに入れられていた。蕾《つぼみ》もあれば開いているのもある。店内のとは違って、バケツのは形が崩れたり途中で折れたり、少し元気がなかったりする。花びらが黄色く汚れているのもあった。売りものではないのかもしれない。

「じゃあな、あんこ婆さん」

「達者でな」

今度こそ本当にさよならだ。マスターも話を聞きつけて見送りにやってくる。

「苦しまずに逝ってください」

その言葉に、しんみりとする。さすがに俺たちの何倍も生きた猫だ。心を打たれる。

あんこ婆さんは一直線にバケツのユリに向かった。顔を突っ込んで水を飲み、葉を囓《かじ》り始める。相変わらず紅葉した山のようなその後ろ姿を目に焼きつけた。

自分を愛してくれた人間のために、自ら成仏しようとするあんこ婆さんの覚悟を感じる。背中で語るとはああいうことを言うのだ。つらくても、見届けるべきだ。

「本当に食べてるっすよ」

「ええ、もりもり召し上がってますね」

「あんなに食べたら本当に死んじゃうっす」

ふくめんはさすがに涙ぐんでいる。ユリの花を貪り喰うあんこ婆さんの迫力は、愛情の証しとも言えた。それはすさまじく、一人の人間を愛する婆さんの気持ちに俺たちも心を打たれる。

だが、一匹だけ冷静な奴がいた。

「本当に死ぬのかよ？」

オイルのひとことで、全員がその疑問に襲われる。

「それは……」俺は言葉につまった。

「そうだな。まだそうと決まったわけじゃないな」とタキシード。

段々と自信がなくなってきた。そろそろ毒が回ってくる頃だと思ったが、さっきからペースを落とさず、もりもり喰っている。改めて見ると、ユリを差したバケツに顔を突っ込む婆さんの背中は逞しく、むしろユリを喰って力を漲らせているようでもあった。

いやいやまさか。

自分に言い聞かせた時だった。

「ひゃ――――――――っ！」

ふくめんが鼻鏡を真っ青にして叫んだ。その視線の先にあったのは、全身にユリの花粉を浴び、喰い散らかした花びらや葉をくっつけているあんこ婆さんの姿だった。

「駄目だね、全然苦しくならないよ。しかも不味いしね」

ぺっ、と口に残った葉を道路に吐き捨てた。

「ち、ち、近づくな、あんこ婆さん！」

制してみたが、ユリですら自分になんのダメージも与えないことにショックを受けたらしく、その耳には届いてない。

「どうして成仏できないのさ！　ユリだよ？　ユリはあたしたちにとって猛毒だろ？」

「こっちに来るなって！　花粉まみれだぞ！」

「どうしてなのさ！　おかしいじゃないか！」

誰に訴えているのかわからないが、落胆は次第に怒りへと変わっていく。俺たちは危険を察し、ジリ、ジリ、と後退りした。

「いかん、理性を失っちまってる」

「ちぎれ耳。お前、とめられるか？」

「無理に決まってんだろうが」

ふと見ると、オイルがさっさと避難していた。離れた塀の上から俺たちを見下ろし、嗤《わら》っている。

「てめぇ、オイル！」

「おっさんたち、危機管理がなってねぇんじゃねーの？」

ヒラリと身を翻して塀の向こうに消えるオイルのスマートなことといったら。やっぱりいけすかない小僧だ。

「逃げましょう！」

マスターの声を合図に、みんなイカ耳になって逃げ出した。

「ちょっと、どこに行くのさ！　いいアイデアの一つも出そうって気にならないのかいっ」

「走れ走れ走れっ！　振り返るなっ！」

「ひぃぃぃぃぃ〰〰〰〰っ」

「全員分かれましょう!」

「マスターの言うとおりだ。ちぎれ耳、なんで俺と同じ方向に走るんだ!」

「タキシード、てめぇこそ!」

「ひぃっ、ひぃぃぃ〰〰〰〰〰っ」

「ふくめん、さっきからひぃひぃうるせぇぞ! お前はあっちだ!」

この時ほど恐ろしい思いをしたことはなかった。何度か死を覚悟した経験のある俺も、あんこ婆さんのすごみに恐怖心が湧き上がる。

一緒にあの世に連れていかれたらたまらない。


その日の夜、CIGAR BAR『またたび』へ行くと、平静を取り戻したあんこ婆さんは、ボックス席でしっぽりまたたびを燻らせていた。もう安心です、とマスターに目配せされ、いつものカウンター席に座る。

先に来ていたタキシードは、俺に「よぉ」と短く言った。鼻の挨拶をする。今日はとんでもない一日だった。だからこそ俺が選んだのは、安定の『コイーニャ』だ。自分の舌によく馴染《なじ》む味ってのは、心を落ち着かせてくれる。

シガー・マッチが灯すオレンジも、炙《あぶ》り始めると途端に広がる濃厚な煙も、俺をいつもの俺へと戻してくれた。

「しかし、今日は焦ったたな」

ふいにタキシードが言う。

「生きてる時から、殺しても死なねぇような婆だったからな」

「ここまでくると不老不死としか思えないな」

「なんだって!」

コソコソ話してたってのに、聞こえてやがるなんて恐ろしい。地獄で拾ってきたんじゃねぇかと疑いたくなるレベルの地獄耳だ。一度地獄の底を爪で掻いてきたような婆さんは、その無敵さ故に悩んでいる。

「あんこ婆さん、千香の様子はどうなんだ?　まだ悪いのか?」

振り返って聞くと、ため息が返ってくる。

「よくなったり悪くなったりだよ。原因もわからないままみたいだし」

「傍にいてやれ。見えなくても感じるかもしんねぇだろうが」

「あたしが近づいたら悪化するかもしれないだろ」

「そんなわけあるか。考えすぎだよ」

「どうしてそんなことが言えるんだい？」

だってそうだろうが。俺は見たんだ。ウッドデッキの上で千香にじゃれつくあんたの姿を。あんこ婆さんの想い出を語りながら、嬉しそうに笑う千香の姿を。

そこには確かに、一人と一匹の深い絆《きずな》があった。

あれほど互いを想ってるんだ。あやふやな存在になろうが、無意識であろうが、あんこ婆さんが千香に危害を加えるなんてあるはずがない。

「そこまで言うなら証拠を見せておくれよ。あたしの存在が千香ちゃんの病気と関係ないって証拠をね」

そう言われるとどんな言葉もかけられず、押し黙って前を向く。情けない。

その時、ドアのカウベルが鳴ってオイルとふくめんが入ってきた。オイルは普段どおりだが、いつも突進しながら挨拶しようとするふくめんがおとなしく席に座るのを見て、ますます気が滅入った。

「なぁ、婆さん、落ち込むなって。ユリ中毒はすぐに症状が出ないのかもしんねぇぜ？」

「オイル、慰めはいらないよ。たとえそうでも、自分でわかるのさ。まったくどこにもダメージを受けてないってね」

さすがのオイルも黙りこくる。

「旅に出るかねぇ」

何気なく漏らされた言葉に、俺たちは一斉にあんこ婆さんに注目した。ボックス席にポツンと座る背中は、これまで見たどんな背中よりも孤独に見える。

「そうさ、遠くに行けばいいのさ。離れれば何か変わるかもしれない」

小さな希望を見つけたとばかりの少し弾んだ声に、俺は肉球にトゲが刺さった時のようなしくしくとした痛みを感じた。

そんな寂しい希望があってたまるか。

「このままじゃ千香ちゃんが好きな男と結婚できなくなる。あたしのせいで不幸になる」

「そもそも婆さんのせいなのかよ？　あんこ婆さんがいなくなっても、躰の調子がよくならないかもしれねぇぜ？　そん時どーすんだよ？　離れ損だろ？」

オイルが俺の気持ちを代弁した。そうだ、こいつの言うとおりだ。千香の病気の原因だと決まったわけじゃない。

「それでもいいのさ。傍にいたいってのはあたしのエゴだし、あたしを認識できない千香ちゃんにはどっちだって同じさ。だったら、少しの可能性でも賭けてみたほうがいい」

「もうちょっと考えてからのほうがいいのでは？」

「とめないでおくれ、マスター。あたしは決めたんだから」

強い決意だった。もともと頑固な婆さんだが、千香の命がかかっているなら、なおさら曲げないだろう。

「ですが、もし千香さんの病気の原因があなたなら、回復にあなたの存在が必要って可能性もあるのでは？」

「適当なことを言わないでおくれよ、マスター。あたしを引きとめたいんだろうけど」

「適当ではありません。悪いことがあった時に物事の原因を取り除くのは大事ですが、取り除き方を間違えば逆効果ということにもなりかねません。長年生きてきた私が言うのですから、間違いありません」

あんこ婆さんは決心が揺らいでいるようだった。さすがだ。説得力がある。

「じゃあ、どうすりゃいいのさ。教えておくれよ」

「まず、気持ちの整理をつけましょう」

あんこ婆さんの背中の毛が、少しだけツンと立っていた。尻尾もだ。

「そうだね、それがいいね。じゃあ、あたしは帰るよ」

肩を落としたまま席から離れると、とぼとぼ歩いていく。ダラリと尻尾を垂らして歩く姿は、憔悴しきっていた。

カラン、と寂しげにカウベルが鳴く。

「なぁ、マスター。マスターは千香の病気があんこ婆さんのせいだと思ってんのかよ？」

オイルが少し不満そうに吐き捨てた。

「まさか。そんなことがあるはずがありません」

「だったらなんであんな言い方……」

「千香さんの病気の原因が自分だと思い込んでる以上、何を言っても慰めにしかなりません。だったら、まずその思い込みに寄り添うほうがいいと思ったんです。そうやってアドバイスしたほうが、他猫の話を聞く気になる。ちょっと厳しかったですかね」

マスターのヒゲが下を向いているのを見て、俺は言わずにいられなかった。

「そんなことはない。あれが正解だよ」

少なくとも、旅に出るのは思いとどまった。今はそれでいい。もう少し待てば、千香の状態が回復するかもしれない。あんこ婆さんの存在と千香の病気が関係ないと、証明できるかもしれない。

絶対に、こんな状態で別れていいはずがねぇ。

俺の願いも虚しく、根本的な問題が解決しないまま時間だけが過ぎていった。

千香の体調は、いまだよくなったり悪くなったりの繰り返しだ。商店に集まる連中の間でも、時々その話題がのぼる。

『ねぇねぇ、聞いた？　千香ちゃん、結婚を延期するかもって』

『えー、そうなの？　そんなに悪いの？』

千香の噂をしてるのが耳に入り、俺は立ちどまって様子を窺《うかが》った。

ここの連中は相変わらずといった感じで、テーブルの上には喰い物が山積みにされていた。よくあれだけ喰うもんだ。

『まだ若いのに、どうにかならないのかしら。千香ちゃんイイ子だから心配』

『子供の頃から知ってるもんねぇ。親戚みたいなもんでさ』

『はい、お茶どうぞ～』

『ああ、ありがとう園田《そのだ》さん。全部やってもらってごめんね～。ボケッとしてたわ』

よく犬を連れてる女が、湯飲みを全員に配った。ガサガサと袋を開ける音がして、テーブルに広げられた菓子に代わる代わる手を伸ばす。

『セカンドオピニオンとか行ってるのかしら？　ほら、医者も得意分野があるから、原因がわからない時はあちこち行ったほうがいいっていうわよ』

『それ私も聞いたことがあるわ』

心なしか、喰いしん坊たちの声も少し沈んでいるようだった。菓子の減り方にも勢いがない。俺がいるのに気づいて四角い干し肉の塊を放ってくれたが、いつもは目つきが悪いだのふてぶてしいだのさんざん言ってくれるってのに、今日はチラリと一瞥しただけだ。

いつまでも口に残る肉の味を堪能していると、千香が駅のほうから歩いてくるのが見える。

『こんにちはー』

『あ、千香ちゃん。今日は仕事休み？』

『はい。病院の帰りです』

『具合どう？　調子悪いんだって？』

『平気です』

笑っているが、俺から見ても千香の体調はいいとは言えなかった。顔色がよくない。歩いて疲れたのか、足取りも重そうで生命力ってのを感じない。

ふと見ると、二階の屋根の上に三毛猫の姿があった。あんこ婆さんだ。あんなに遠くからしか眺められないなんて、いくらなんでも臆病だ。近づけば、悪影響を及ぼすかもしれないと本気で思っている。

『ねぇ、千香ちゃん。ちょっとお茶していかない？』

『え、いいんですか？　じゃあお邪魔しようかな』

『どうぞどうぞ～。ほら、これ美味しいのよ。今お茶淹《い》れるわね。ほら、園田さん！』

『はいはい。今淹れますよ～』

千香は勧められた椅子《いす》に座った。喰いしん坊どもが、それを囲むように椅子を少しずつずらす。

マシンガンのようにしゃべる婆どもに圧倒されながらも、千香は笑っていた。弱ってはいるが、陽気な連中といると気分が晴れるようだ。笑顔が見られて、あんこ婆さんも少しは安心するだろう。

俺が立ち去ろうとすると、千香がそれに気づいた。

『あ、猫ちゃんだ』

『ああ、それ？　よく来るのよ～』

それとはなんだ、それとは。

『喰い意地が張っててね、なんでもかんでも食べるの。千香ちゃん猫好きよね。なんかあげてみる？　スルメあるわよ』

千香を元気づけようとしているのか、婆どもがスルメの袋を開ける。それを渡された千香は、俺に近づいてきた。猫好きの人間がよくする顔だ。

野良猫に対する気遣いと、期待。純粋な好意。

千香の目には、俺が映っていた。俺ですら千香の手からおやつを貰える。俺ですら千香と触れ合える。こうも簡単に。

あんこ婆さんがいた二階の屋根の上を見ると、その姿はすでになかった。

『野良ちゃん、食べますか～？』

俺は踵《きびす》を返した。

『やだ、贅沢《ぜいたく》ね〜っ。やっぱりふてぶてしい野良よね。もうあげないわよ〜』

婆どもの悪態を聞きながら、あんこ婆さんを探した。公園の近くを歩いているのを見つけ、急いで駆け寄る。

「あんこ婆さん、おい！」

「なんだい、そんなに慌てて」

「いや、なんだ……その」

「いいんだよ。あたしに気を遣わないでおくれ。せっかくのおやつなのに、貰ってくればよかったじゃないのさ」

やっぱり見られてたか。俺は舌打ちしたい気分だった。

「本当にいいんだよ。マスターの言うとおり、気持ちの整理をつけてるところさね」

「そうか」

「じゃあ、あたしゃ行くよ」

それ以上言葉をかけられなかった。黙って見送るしかない。

なんとも言えないもやもやが、俺の心を満たす。

その時、ツィィィーッ、ツィィィー……ッ、と鳥の声が青空に響いた。椋鳥《むくどり》だ。仲間とはぐれたのだろう。群れで飛んでるはずだが、一羽だけ電線にとまって不安そうにしている。それは、生きていることから転がり出たあんこ婆さんの姿と重なった。

戻りたくても戻れない。けれども、向かうべき場所もわからない。

「よぉ、ちぎれ耳」

「なんだ、タキシードか」

「お前も見たのか？　あの婆さんが遠くから千香を眺めてるところ」

「まぁな」

「俺もよく見る」

「そうか」

タキシードが俺の隣で毛繕いを始めた。俺も続く。

どうしようもない気持ちを誤魔化すように、俺たちは競って隅々まで綺麗にした。ふがふがと鼻を鳴らしながらそうしていると、少しずつ落ち着いてくる。気がつくと、毛がべしょべしょだった。ちょっとやりすぎた。タキシードも同じらしく、俺たちは顔を見合わせた。少し気まずい。

ツイイイー――……ッ。

また椋鳥が鳴き、ひとしきり声を響かせたあとどこかへ飛んでいった。遠ざかる羽音に、俺はぼんやりと考える。

あいつは、仲間のもとへ無事に戻れるだろうか。

夜を席巻するような炎だった。

俺たちの住宅街で火事が起きたのは、それから数日が経ってからだった。

闇を舐めるように赤い炎が立ち、火の粉が舞い、熱風が押し寄せてくる。人間どもが集まってきて、いつもは静かな住宅街の夜は騒然としていた。

ねぐらへ帰るところだった俺は、進行方向を変えて騒ぎのほうへ向かった。タキシードの姿が見え、別の塀を歩いてくるふくめんとオイルも確認できる。あいつらは店でまたたびを吸っていたのだろう。千鳥足だ。

俺が遠くから見ていると、あんこ婆さんが駆けつけてきた。急いで来たらしく、俺の隣に来ると尻尾を少し膨らませたまま、燃えさかる炎をじっと見つめる。

「ああ、びっくりした。千香ちゃんのうちかと思ったよ」

サイレンを鳴らしながら大きな車がやってきて、中から銀色の服を着た人間どもが降りてきた。

『下がってくださーい。危険ですから、近寄らないでください。消防車が停まりますから、邪魔にならないところまで下がって！』

同じ車がもう一台来たかと思うと、人間たちは声をかけ合いながらテキパキと作業し、炎の上がる家に向かって大量の水を放ち始める。

「なぁ、あんこ婆さん。ここは……」

「ああ、猫を三匹飼っている」

俺とタキシードはゴクリと唾を呑んだ。

飼い猫が中に取り残されている可能性が高い。だが、ここからでは確認できない。どうやら家人は留守らしいと、集まる野次馬たちの話からわかった。近所の人間が、今朝車で出かけていくのを見たようだ。車庫に車はなかった。

「なぁ、やっぱり中にまだいるんじゃねぇの？」

オイルたちも近づいてきて、俺に訴える。

どうすりゃいいんだ。割れた窓から外に逃げてくれればいいが、放たれる大量の水がそれを阻んでいるかもしれない。

その時だった。

『すみませんっ、ここのうち、猫飼ってるんです！』

野次馬を掻き分けて出てくる女の姿があった。銀色の服を着た人間に何か訴えようとしている。

「千香ちゃん……」

あんこ婆さんのヒゲがピンと前に出た。

今日は体調が優れないのか、この前見た時よりもさらに具合が悪そうだった。母親がつき添うように隣に立っているのは、足元がおぼつかないからだろう。無理して出てきたに違いない。

『危ないから離れて!』

『あの……っ、家の人はまだ帰ってないんでしょう? 多分、猫ちゃんたちが置き去りにされたままです!』

『できるだけ救出しますが、とにかく離れて!』

『助けてやってください! 猫ちゃんが……っ』

必死だった。自分の猫じゃないのに、なんとか助けられないかと訴えている。このままでは死んでしまうと。

「あっ!」

ふらつき、転びそうになった千香を見てあんこ婆さんが身を乗り出した。母親に支えられながらも、千香は猫の救出を訴え続けている。

『我々に任せてください! そこまで下がって!』

野次馬の中に戻っても心配らしく、口元を手で押さえ、涙を流しながら燃えさかる家を見上げている。祈るように顔の前で手を組んだ姿に、これほどまでに猫を愛する人間がいるのかと心を打たれた。

「ああいう子なんだよ、千香ちゃんは」

あんこ婆さんの瞳の中に、炎に照らされた千香の姿がある。

いつも見ていた。こんなふうになっても、いつも千香の傍にいた。悪い影響を恐れて近づけなくなっても、遠くから見守っていた。

あんこ婆さんがあやふやな存在になり、触れ合えなくなっても、愛情は深まるばかりで決して衰えることはない。

「あたしが行くしかないね」

あんこ婆さんのドスの利いた声がした。タキシードも、オイルも、ふくめんも、全員顔を見合わせてからあんこ婆さんに注目する。

「大丈夫なのか？　あれだけの炎だぞ」

「そんな顔するんじゃないよ、タキシード。あたしは不死身なんだ」

「でも……っ、今度こそ……」

最後まで言葉にできないふくめんの代わりに、オイルが続ける。

「死ぬかもしんねぇぜ？」

「こいつの言うとおりだ。本気で行くつもりか？」

俺も思わず引きとめようとしたが、無駄だった。

「もうこれ以上千香ちゃんが泣くのは見たくないのさ。あたしなら、千香ちゃんの涙をとめられる。そうだろう？」

ニヤリと笑い、俺たちが何か言う暇もなく炎へと向かっていく。怒り狂ったような舌に呑まれ、あんこ婆さんの姿はあっという間に消えた。

「なぁ、大丈夫と思うか？」

「俺に聞くな、ちぎれ耳」

「戻ってくるっすかね？」

「だからふくめんまで俺に聞くなよ」

「無茶する婆さんだぜ」

オイルは軽い口調だが、心配なのか声が掠れていた。

風が出てきて熱風が迫ってきた。これだけの距離があっても熱い。少し離れた場所まで避難する。火の勢いが増したのかもしれない。段々と不安になってきて、俺たちはその場に座ったまま、待ち続けた。

燃える音はパチパチと続き、時折何かがパンッ、と弾ける。銀色の服を着た男たちの怒号に近い声が、火の勢いがなかなか衰えないことを俺たちに伝えてきた。

おい、婆さん。あんた本当に大丈夫なのか？

ＣＩＧＡＲ　ＢＡＲ『またたび』のボックス席でよく目にする立派な猫背を思い出し、心の中で訴える。と、その時だった。

「あ！　なんか動いたっす！」

炎の中に黒い影が浮かんだ。それはあっという間に形になる。

「あんこ婆さんっ！」

飼い猫を引きずり出してきやがった。救出された猫はぐったりして意識がないが、あんこ婆さんの姿は人間には見えない。人間どもは自力で出てきたと思うだろう。

銀色の服を着た男がそれに気づいて、炎から離れたところに猫を連れていき、躰に耳を当てたりさすったりした。懸命の処置が続く。

そうしているうちに、あんこ婆さんは再び炎の中に消え、しばらくしてから二匹目を引きずりながら出てきた。今度はさっきよりずっと太った猫だ。躰も大きく、むっちりしている。あれを咥《くわ》えて運び出すのは至難の業だろうに、一回りも二回りも小さな婆さんがやってのけるのだ。

「すげぇな、あんこ婆さん。どこまで強くなるんだよ。あれ完全に無敵だぜ？」

オイルが揶揄《やゆ》まじりの称賛を浴びせた。タキシードも苦笑いしてやがる。

「本当だな。成仏しようとため池に飛び込んだ時は恐ろしかったが、こういう時は頼りになる」

「ユリの花粉をまき散らしながら走ってきた時は、俺も心臓とまるかと思ったっすよ。やっぱり最強っすよね。ねぇ、ちぎれ耳さん」

俺は答えなかった。

本当にそうなんだろうか。本当に、あんこ婆さんは無敵なんだろうか。さっき、婆さんが少し弱っているように見えたのは俺の気のせいだろうか。

そうしている間に二匹目が外にいることに気づいた人間が駆け寄り、炎から遠ざける。

そして、三匹目。

庭の中央にぐったりと横たわる飼い猫の姿があった。こちらも随分と太っている。運び出すのは簡単ではなかっただろう。

少し離れたところに、あんこ婆さんがいた。何を佇《たたず》んで見ているのかと思っていると、その先に千香の姿があることに気づく。互いの視線が合っている気がするのは、俺の感傷が見せる幻だろうか。

まっすぐに、まるで一本の糸のように、一瞬だけ繋がった。

『あそこにもう一匹います！』

庭に横たわる猫に気づいたのか、野次馬の中から声がし、俺は我に返った。人間どもは手分けして処置を続けている。これなら全員助かるだろう。俺たちの間に安堵《あんど》が広がった。

「そういえばあんこ婆さんはどこっすか？」

ふくめんの何気ないひとことに、その姿がないことに気づいた。

さっきまであそこにいたのに。

最後の一匹が目を覚ましたらしく、こちらに逃げてくるのが見えた。周りにあれだけ人間がいれば、驚きもするだろう。目覚めた途端大騒ぎの中心にいたとなれば、パニックを起こしても仕方がない。

闇雲に走っていこうとするそいつを急いで追いかけ、呼びとめた。せっかくあんこ婆さんが助け出したってのに、迷子になっちまう。

「おい、お前！」

「な、なんですか？」

俺を見た飼い猫は尻尾を膨らませた。少しでも自分を大きく見せようと背中を丸め、俺に躰の横を向ける。外の世界はもちろん、俺のような猫と接触するのも初めてなのだろう。

「落ち着け。何もしない。それよりお前んち、猫は三匹だよな？」

「はい。三毛のお婆ちゃんに助けてもらいました。僕が最後です」

俺はまだ燃えている家を振り返った。最後なら、なぜ戻ってこない。

嫌な予感がする。

「お前、それ以上遠くに行くな。保護してもらえ。人間どもが大勢いて怖いだろうが、そのうち飼い主が戻ってくるぞ。それまでおとなしくあいつらに捕まってろ」

「そ、そうですね。そうします」

落ち着いたのか、俺の言うことに素直に耳を傾ける。

そいつを連れて野次馬たちのほうに行くと、千香がすぐに気づいて駆けつけた。俺は身を隠し、保護されるのを見届けてからタキシードたちのところに戻る。

「やっぱりあいつが最後だ」

「じゃ、じゃあ、あんこ婆さんはどこに行ったんっすか？」

「心配すんなって。どうせ『まだ中に猫がいると思ったのさ』なんつって現れるよ」

オイルは平気そうにしていたが、声に不安がぶら下がっていた。

「そ、そうっすね。なんで早く教えないんだって怒られそうっす」

ふくめんも笑うが、やはり不安そうだ。

俺はタキシードと顔を見合わせた。奴には俺の懸念がわかっているらしい。

どうして戻ってこないんだ。

「ここで待ってても無駄だ。いったんマスターのところに行くか」

嫌な空気を払拭するかのようなタキシードの提案に、全員乗った。もしかしたら、一仕事終えたあんこ婆さんが先に一服しているかもしれない。

俺たちはそんな期待を胸にＣＩＧＡＲ　ＢＡＲ『またたび』に向かった。だが、店の扉を開けた瞬間、その希望は水に溶ける綿飴《わたあめ》のように姿を消した。火事騒ぎのせいか、店に客の姿はない。

「火事があったそうですね。猫が犠牲になってないですか？」

「そ、それがっすね……」

事情を説明し、俺たちはいつもの席でまたたびを燻らせ始めた。誰も声を発しようとしない。何か言えば、懸念が現実となって俺たちを襲ってきそうな気がした。

無言で吸うまたたびはいつもと同じはずなのに、味がしない。そんな心許ない時間を過ごし、そして朝を迎えた。


あんこ婆さんの行方がわからなくなって、数日が経った。焼け残った家に行き、何か手がかりになるものはないか探したが、何も見つからない。

黒く煤《すす》けた残骸から焼け焦げた匂いがしていた。火は消しとめられたが、どれだけの規模の火事だったのかよくわかる。

「どこ行っちまったんだよ」

成猫三匹を炎の中から助け出す勇姿を思い出し、俺は自分に言い聞かせた。

あんこ婆さんは不死身だ。死ぬわけがない。電柱から飛び降りても潰れないし、電線に絡まっても感電しない。水の中に飛び込めば、藻を身に纏った不気味な姿で平然と上がってきて俺たちを震えさせた。ユリの花を喰った時なんか、俺ですら総毛立つほどの恐ろしさだった。

あの逞しい婆さんが死ぬはずがない。

「また見に来るか」

諦め、踵を返そうとした俺は、焼け残った家の中に動くものを見つけた。脚をとめ、その場からじっと観察する。

残骸の一部が風に揺れているだけかと思ったが、明らかに生きものだ。

俺は足元に注意しながら、一歩一歩慎重に近づいていった。躰を低くして身を隠し、相手に気づかれないよう正体を確かめる。

それが猫だとわかった俺は、すぐさま物陰から飛び出した。

「あんこ婆さん！」

意気込んでそう呼んだはいいが、予想外の姿に次の言葉が出ない。目の前の現実に立ち尽くし、途方に暮れる。

いたのは、白黒のブチ模様をした子猫だった。火事に巻き込まれたのか、全身煤だらけで薄汚れていた。ヒゲも縮れている。

なぜ柄の違うこのガキを見てあんこ婆さんと思ったのか、自分でもわからない。

だが、どこかふてぶてしさのある顔だった。目つきが子猫のそれではない。貫禄《かんろく》みたいなもんを感じる。

「おい、あんこ婆さん」

ミィ、と子猫は鳴いた。それきり声をあげることなく蹲る。

あたしに構うんじゃないよ。

そんなふうに言っているようにも見えた。

「まさかな……」

ハッと嗤い、自分の考えを打ち消した。しかし、否定すればするほど、あんこ婆さんに見えてくるから不思議だ。

近くに親猫がいないか見回したが、猫の姿は他になかった。そもそもこんな小さなガキの親なら、俺がこれだけ近づいたらすぐさま飛び出して攻撃してくる。

「おい、ガキ。大丈夫か？」

頭を舐めてやったが、子猫は目を閉じただけで何も言わなかった。衰弱してはいないようだが、がんとしてしゃべらないのはなぜだろう。

俺は子猫の首を咥え、あんこ婆さんがいつも日向ぼっこしていたあの家に向かった。

すぐに千香のところに連れていってやるからな。

到着すると、子猫を地面に置いた。

「おい！　出てきてくれ！　ここを開けてくれ！　おい！　千香っ！」

俺が家に向かって叫んでいると、ほどなくして千香が出てくる。

『どうしたの、野良ちゃん。すごい声で鳴いて。あ、もしかしたらこの前の子？　園田商店でおやつ……』

途中で子猫の存在に気づいたらしく、言葉が途切れた。驚く彼女の足元に子猫を咥えて運んだあと、少し離れて座る。

あんたならわかるだろう？

見上げると、千香は恐る恐るといった動きで子猫を拾い上げた。油断すると消えてしまうとでもいうように。

『野良ちゃん、この子猫……拾ったの？　わ、すごく煙臭い。この前の火事に巻き込まれたのかな』

あんたはどう思う？

俺はそこに座ったまま、彼女が答えを出すのを待った。

千香は子猫の躰をさすりながら、怪我などないのか確かめている。

『なんか……あんこちゃんに似てる』

柄は違うってのに、なぜそう思ったのか。

理由はわからないが、あんたがそう思うならきっと間違いじゃない。おそらく飼い主の勘ってやつだ。それは時に俺たち野良猫が持つ野性のそれよりずっと信頼できる。

答えは決まったと思い、立ち去ろうとした。だが、またすぐに立ちどまる。

『実は私ね、火事の時もあんこちゃんを見た気がしたの』

俺は耳をピクリとさせた。千香は自分の中の事実を確かめるように、ゆっくりと言葉を紡ぐ。

『三毛の猫ちゃんがね、炎の中から出てきたの。あの家の猫ちゃんを連れて。まさかそんなことあるはずないって思ってたら、その猫ちゃんが私を見たの。私をじっと見て、何か言いたげで……っ、どうしてかな？　私のために何かしようとしてるって感じたんだ』

震える声が、あんこ婆さんを想う千香の気持ちを表していた。

『でもね、またすぐに炎の中に飛び込んでいったの。私、あんこちゃんがまた死んじゃうって思って……っ』

その時のことを思い出したのか、涙をポロポロ流している。子猫に語りかける声は優しく、俺が聞いても心地よかった。

『ねぇ、あんこちゃん。毛皮を着替えて来てくれたの？』

問いかけるが子猫は答えない。ただ、彼女に抱かれて落ち着いたらしく、まどろんでいる。それは、ようやく触れ合うことができた安心感に包まれているようだった。

「頼んだぞ」

『あっ』

家の中から別の人間の気配が近づいてきたため、俺は身を翻して塀の上に飛び乗った。

そして、上から見下ろす。

『野良ちゃん。あんこちゃんを送り届けてくれてありがとう』

『どうしたの、千香。あら、泣いているの？』

『あ、お母さん。大丈夫。あのね、野良ちゃんが連れてきたの』

千香は母親にも子猫を見せた。あらかわいい、と母親は子猫の顔を覗き込んだ。

『この子、私飼おうかと思って』

『しばらく猫は飼わないって言ってたじゃない。どうしたの、急に』

『あんこちゃんが毛皮を着替えてきてくれた気がして』

『そう。あらでもほんと。なんとなく似てるわね』

母親は少し驚いたように目を丸くし、笑顔になった。千香もそれを見て笑っている。

『でしょう？　それに、野良ちゃんに任されたの。この子を頼むって。なんか不思議。誰でもよかったんじゃなく、私に任せるって言ってるみたいだった』

気がするんじゃなく、本当にそうなんだよ。俺はその子猫を託すのは、あんたがいいと思ったんだ。人間に言っても伝わんねぇだろうがな。

『生まれ変わってきたなら、新しい名前をつけなきゃね。人生がまた一から始まる。あ、人じゃなくて猫だから猫生《びょうせい》か』

子猫を抱いて家の中に入る姿を見届け、俺は塀から降りてもと来た道を歩いていった。

今夜はきっとまたたびが旨い。


それから何日経っても、あんこ婆さんが戻ってくることはなかった。

鬱陶しい梅雨が来て、蟬時雨《せみしぐれ》に世の中が征服される頃になっても、誰一匹その姿を見た者はいない。ＣＩＧＡＲ　ＢＡＲ『またたび』では、定期的にその話が出てくる。

「そんなことあるわけねぇぜ。おっさんが都合よく解釈してるだけだろ？」

「お前は実際にあの子猫を見てねぇからそう思うんだよ。あのふてぶてしさはあんこ婆さんそのものだった。嬢ちゃんにも教えたが、きっとそうだって言ったぞ」

「でもそれなら嬉しいっすよね」

「タキシード、お前はどう思う」

「確かに長年一緒に暮らしてきた人間がそう言うなら、間違っちゃいないかもな」

「だろう？」

店内は陽気な雰囲気に包まれていた。いつもの『コイーニャ』も楽しく味わえるなら、これほどのことはない。

あんこ婆さんの存在がなんだったのか、いまだにわからなかった。あんこ婆さんが生気を吸ったから千香が病気になったのかどうかも、不明だ。

だが、俺は人間どもが話しているのを聞いたんだ。千香が子猫を拾い、その世話に追われるようになってから体調がどんどんよくなっていったと。まるで子猫が千香に生気を分け与えているようだったと。

そして、病気を克服した千香は予定どおり結婚し、子猫を連れて引っ越していった。

「俺はまだ信じらんねぇな。案外、ひょっこり現れるかもしんねぇぜ？」

オイルの言葉に、俺は笑った。またたびに口をつけ、ゆっくりと紫煙を吐く。

「そんなことがあるか」

「油断してると、本当に舞い戻ってくるぜ？　そもそも最初に死んだって聞かされた時もそうだっただろ？」

またたびを口に運ぼうとして、動きがとまった。

そうだ。あんこ婆さんが死んだと思ってしんみりまたたびを吸っていた時、突然店に現れたのだ。ふくめんは幽霊だと慌てたが、あんこ婆さんは脚があると言ってぶらぶらさせながらそれを否定した。

あの時のことを思い出し、背筋をぞわぞわと何かが這《は》った。それは尻尾まで伝わり、少しばかりふくれる。

「ほら、そんな気がしてきただろ？」

「う、うるせぇぞ、オイル」

「そうっすよ、変なこと言わないで……」

ふくめんの言葉を遮るように、カランッと音がした。背中の毛がツンと立つ。

俺たちは一斉に出入り口を振り返った。

『なんだい、しけた顔しててんじゃないよ』

呆れたような言葉とともに、あんこ婆さんが現れる。

そんな場面を思い浮かべた。だが、突風でドアが開いただけで誰も入ってきていない。

開いたドアの向こうは、夜の闇だけだ。

「ああ、すみません。ドアの蝶番が緩んで、ちょっと強い風が吹いただけで開くんです。

ずっと修理しないとと思ってるんですが、つい先延ばしに」

「なんだよ、驚かすなよ。心臓に悪いぜ」

オイルが生意気な口調で吐き捨てる。お前が余計なことを言うからだろうが。

「あんな猫使いの荒い婆さん、もう戻ってこなくていいぜ」

「字が読めるのは便利だったがな。山に住んでた頃も、そういう特殊な猫はいなかった」

「そうっすよね。どうやったら読めるのか、教えてもらえばよかったっすよ」

「あの婆さんに教わる？　怖ぇぞ～。スパルタだぞ～。後悔するぞ～」

「ひぃぃぃぃぃ～～～、ちぎれ耳さん、やめてくださいよ。怖いっす。あんこ婆さんに教えてもらうなんて、やっぱり危険っす」

本猫がいないのをいいことに、言いたい放題だ。

だが、みんなどこか寂しげでもあった。俺もだろう。あの厄介な存在がいなくなるのは、まるで自慢のヒゲの一本が抜け落ちたような気分だ。それでも明るくいられるのは、あんこ婆さんが今幸せにしていると信じられるからだった。

「もう一本どうです？　今夜は、常連の皆さんに店から何か奢《おご》ります。お好きなのをおっしゃってください」

「いいんっすか？」

「マスター、太っ腹だぜ」

俺とタキシードは顔を見合わせ、マスターの好意に甘えることにした。新しいまたたびに火をつけ、全員で一斉に掲げる。

あばよ、あんこ婆さん。そして乾杯。

二見サラ文庫

本作品に関するご意見、ご感想などは
〒101-8405
東京都千代田区神田三崎町2-18-11
二見書房 サラ文庫編集部 まで

本作品は書き下ろしです。

はけんねこ
～今宵《こよい》、野良猫《のらねこ》たちにしあわせを～

2022年10月10日 初版発行

著者 中原一也《なかはらかずや》

発行所 株式会社 二見書房
東京都千代田区神田三崎町2-18-11
電話 03(3515)2311［営業］
03(3515)2314［編集］
振替 00170-4-2639

印刷 株式会社 堀内印刷所
製本 株式会社 村上製本所

落丁・乱丁本はお取り替えいたします。
定価は、カバーに表示してあります。

ISBN978-4-576-22133-5
https://www.futami.co.jp/sala/